U0695086

作家文摘

名家忆文系列

沧桑岁月

《作家文摘》/编

中国出版集团　现代出版社

目录

第一章 历史之痛几人知

第二章　大时代中的故事

第三章 一弯新月又如钩

第四章　风雨流年道不尽

第一章　历史之痛几人知

茅盾给女婿萧逸的那些信

·钟桂松·

"亚男更使我疼爱"

茅盾晚年回忆女儿沈霞（亚男）时，有这样一段话：

> 我只有两个孩子，而亚男更使我疼爱。她聪明、刻苦、懂事、有志气，比阿桑成熟得多。她从小爱好文学，高中时代能写出优秀的散文而得到老师的赞赏，德沚常说：你的文学细胞遗传给亚男了。她的英语程度不低，在延安又是抗大俄语班的高才生。她早已入党。她的爱人萧逸是文学工作者，曾经是她的同学，他们在四二年秋订婚，四五年（应为 1944 年）结婚。婚礼十分简朴，简朴到使我和德沚心痛。

萧逸原名徐德纯，江苏南通竹行镇人，1915 年 6 月生。中学毕业后，因家庭经济困难，萧逸不再升学，到上海乐器厂当工人，制作口琴和钢琴。抗日战争开始后，萧逸投奔延安，进入鲁迅艺术学院，成为"鲁艺"文学系的第一期学员。毕业后，萧逸担任周扬的秘书，1941 年延安大学成立时，他考入延安大学俄文系。据说他的口琴吹得很好，文笔也很好，所以和茅盾之女沈霞有许多共同语言。

在沈霞和萧逸确立恋爱关系后，茅盾非常关心萧逸，他在 1944 年 8 月 16 日给女儿沈霞的信里写道：

> 萧逸的来信（七月五日）已经收到。他身体不好，是不是有什么病呢？我们在接到他这次来信之前，问过何其芳、刘白羽，早知道他在鲁艺工作。我们今天不写信给他了，希望他有工夫时写信来。身体不好，倘有病，医生怎么说，也写信来让我们晓得。

茅盾夫妇曾经专门向从延安来的朋友何其芳、刘白羽等人打听、了解萧逸的情况。经组织批准，沈霞与萧逸在 1944 年 10 月初结婚。10 月 5 日，沈霞向父母报告了这件大事：

> 告诉你们一件事，就是我和萧逸已登记结婚，算是有了一个正式的关系，但究竟何时结，尚未决定，看何时方便，现在只是在法律上获得根据罢了。原来准备见到你们时再说的，但现在由于我们都想安心学习，为了避免许多麻烦，

如流言、注意、好奇等，决定就这么办了。

女儿意外离世

收到女儿的来信，已是 11 月 5 日了，茅盾夫妇立刻写了回信，对女儿的决定表示肯定与信任：

> 我们虽然尚未见过萧逸，可是从前你曾经来信描写过他，而且他自己也来过一两封信，所以，我们也就有了个印象。我们相信，我们的女儿在这事的选择上是用了比较审慎的态度和清醒的头脑的，我们同时也喜欢她的选择不以虚荣和外表为对象。我们喜欢在生活中受过艰苦的磨炼而有志学习力求上进的年轻人。萧逸从前是这样的一个人，我们相信他现在也还是这样一个人。希望他永远是这样一个人。

1945 年 7 月，抗日战争已经接近尾声，大批青年结束在延安的学业，陆续奔赴东北、华北前线。正在此时，沈霞发现自己怀孕了，眼看同学们都奔赴前线，她感到十分焦虑，便毅然决然地去延安白求恩国际和平医院做人流手术。不幸的是，沈霞于 1945 年 8 月 20 日中午因手术感染去世，年仅二十四岁。

面对妻子的突然去世，萧逸悲痛万分，他在沈霞日记本后的空白处接着写日记。那些断断续续写下的文字，显示了萧逸沉浸在巨大的悲痛之中，无法自拔——

早饭时又想到霞，心里痛极了，好像针在扎似的，后来碰到艾青，他又安慰我，他说"我半年没有见她了，她是很健康的，她母亲很欢喜她的"。（1945 年 8 月 28 日）

我总还不信霞真的不在了，我好像还看到她似的，但她真的不在，实在不在了。阿霜也来了，张他们也回来了，她还是劝我，但有什么用呢！我又哭了，我真的这样软弱吗？别的什么也可以的，但现在是损失了我自己一样。（1945 年 9 月 2 日）

"把你当作霞一般的爱你"

后来，萧逸选择做一名战地记者。就在萧逸从陕北到华北的途中，收到了茅盾的信：

霞的意外的死，我们直至十月初，方才知道，那时你已离开延安了。我们很悲痛，虽然时时从大处远处想，极力自慰自宽，然而又何能遽尔释然呢。这大概因为我们老之故。我们却不愿你们年轻人也学我们的样，你要把悲悼之情转化为学习与工作的勇气与毅力。从桑的来信中知道你在张垣做报馆工作，很好，我们不久也要到上海去，下半年或者（如交通方便）要到北平；我们有机会见面。望你自爱自重，我们把你当作霞一般的爱你。

茅盾强忍着巨大的悲痛，给未曾谋面的女婿萧逸写信。没等女婿回信，相隔仅半个月，茅盾又给他写信：

　　逸儿：去年八月以后，陆续接到你的几封信，最近又接到桑转来的信，知道你一切都好，我们很高兴。霞的死，我们悲伤不能自己。日久以后，这悲痛之情，或可稍杀，但是这创伤是永远存在的。我们现在不愿意多说，以致引起你的悲痛，我们但愿你努力学习，日有进步。做事不能有恒是学习上一大障碍。我们也知道有时不能随心所欲专做一事，但能做一事而转专较久，自属必要，我们盼望你能够久于现在的职务，比方说一年或两年。前次听说你身体不大好，心脏不强，现在如何？年轻有这些毛病，应当及早医治。从前种种条件不好，以后想可不同。下半年我们要到北平游历，那时我们设法为你医治——如果你的心脏的确不大强，我们最近要离（开）重庆，转道香港再到上海，你有信可交给桑寄出。

　　这是最近我们给你的第二信，第一信收到没有？余后详。

第一次也是最后一次见女婿

战争年代，茅盾夫妇盼望与萧逸见面，已变成一种奢望。1949 年初春，萧逸终于有机会见到未曾谋面的岳父岳母了。那天，战尘未除的他专门到北京饭店拜见岳父岳母，骤见女婿，茅盾夫妇非常激动，茅盾夫妇和萧逸都想起了已经去世的沈霞……据茅盾的儿子韦韬先生回忆：

北平和平解放后，姐夫随部队进入北平，与早就想见的岳父岳母见面，双方都很激动。姐夫说到了自己的创作计划，打算留下从事创作。父亲为他有理想有抱负而感到欣慰，但认为他如能参加并了解解放战争的全过程，而后再从事创作将会更好。在父亲的启迪和鼓励下，姐夫愉快地奔赴了太原前线。

然而谁也没有想到，渴望已久却又短暂的相见，竟会成为永别！萧逸满怀信心奔赴前线，在 2 月 28 日战斗空隙，专门给茅盾写了一封信，报告自己的近况。茅盾夫妇收到第一封信后，又在等萧逸的第二封信，然而 1949 年 3 月一整月，他们都没有收到萧逸的来信。直到 4 月 3 日，茅盾再也等不及了：

逸儿：二月二十八日来信早已收到，老盼你的第二封信，至今未见，那就先写这封信罢。我们不知道你在何处，但猜想你的身体是好的。我最近常患感冒……此次巴黎和平大会，我因身体不好，恐途中生病，故而谢辞了推举；另一方面，全国文艺界代表大会筹备工作，我在北平也要担任一部分工作，此会恐须在五月初旬举行，筹备工作以后渐渐要紧张起来了。霜儿来信，谓仍任新闻工作，将来也要南下，地点也许是武汉或广州，说不定你们会在南方会合的，关于部队生活，我想要知道的太多了，信里是写不完的，将来再说。我很羡慕你能在部队中工作，可惜我们条件不够。妈妈身体尚好，前几天开妇女大会，她天天去。我们仍住北京饭店。盼来信。即祝健康。

4 月 15 日在解放太原的战斗中，萧逸在新占领的水泥碉堡里用扩音话筒向对面工事里的敌人喊话，敦促他们放下武器，向解放军投降。不料敌人诈降，一梭子冷枪打过来，萧逸壮烈牺牲，年仅三十四岁！

萧逸的英名镌刻在新华社的历史上，镌刻在解放太原的纪念碑上。战友将萧逸的遗物整理后，辗转托人带给在北平的茅盾。沈霞牺牲在抗日战争胜利之时，萧逸牺牲在中华人民共和国成立的前夜，这让茅盾一生都无法释怀……

（《作家文摘》2020 年总第 2306 期，摘自 2020 年 2 月 2 日《北京晚报》）

儿孙眼中的徐志摩

·［美］海龙·

诗人徐志摩早已云逸袅去八十余年了。在哥伦比亚大学校园，时时徜徉着志摩的影子，走在当年他苦闷踯躅的地方，我好像看到了他在凝神沉思。"我将在茫茫人海中寻找我唯一之灵魂伴侣。得之，我幸；不得，我命。"最终，徐志摩得到了，又没有得到。他死得充满了遗憾和不甘，但苟活的朋辈和后辈没人敢说一定比他幸福。

我会见徐家后人之后，才得以知晓和披露这一段未为人知的史实。

不太反感陆小曼

二十年前的那个秋日，我叩响了纽约皇后区诗人徐志摩的儿子徐积锴先生的家门。这是一个静谧的街区，满树红叶夹杂着黄绿，美不胜收。徐积锴先生微笑着迎了出来。这就是"阿欢"吗？历史一下子跨越大半个世纪的烟尘向我袭来，有些应接不暇。

徐志摩的传记里都会提到这个孩子，可他此时已成耄耋老人。志摩旧人早都烟消云散，他是活着的唯一见证。这是一个真性情的老人，谈起当年旧事仍然如同亲临。志摩出事那年他十三岁，他忆得起自沪上去济南给爸爸收尸，徐志摩着装入殓的每一个细节。

完全没有名诗人后代的那种骄矜，积锴先生跟我侃侃而谈，有问必复。就是在这次访谈中，徐积锴先生向我透露了许多他埋藏在心底的秘密。除了妈妈，他着重谈了他对林徽因和陆小曼不同的评价和感觉，令我惊讶。竟是他，最早带来了我对陆小曼的理解和好感。他提供的珍贵史料我曾陆续发表。电视剧《人间四月天》也因而再现了徐积锴那次透露的他跟林徽因唯一一次见面的情景。我真心感激这位厚道的老人家，也为自己能为徐志摩研究挖掘出一手可贵资料而倍感欣慰。

徐积锴先生谈到他关于父亲较清晰的记忆是九岁以前，父亲陪他踢足球等情景。那时，他主要跟母亲张幼仪居住，但徐志摩时常看望他，并带他逛大上海，父亲从没申斥或打过他。他也谈父亲带他去上海家里见陆小曼的情形。从语气上看，徐积锴似乎并不太反感陆小曼。

徐积锴告诉我，小曼挺和善，但他不喜欢林徽因。这多少让我有点诧异。因为那时坊间对陆小曼微词颇多，谓其有烟嗜，而且跟志摩后期生活不和谐。后考稽史料，当年十六岁的林徽因跟徐志摩在剑桥相遇，双双陷入情网，这时徐志摩有一子，而且其妻幼仪已怀孕二子彼得。志摩因深爱林徽因决绝离婚使幼仪寒心彻骨。而徐志摩离婚后追到北京，却发现林徽因早已罗敷有约。这段伤心往事是幼仪和阿欢母子永远的痛。

赴美前林徽因曾执意要见一面

跟小曼结婚时志摩已是单身，而且因志摩介入使小曼离婚。婚后志摩仍然苦恋林徽因，敏感且心高气傲的陆小曼跟志摩间的不和很难说与此无关。考证其在志摩去世后对他的挚爱，并竭其全力为志摩出全集的苦心和志气，世人很难求全责备陆小曼。

这一点，恐怕当事人张幼仪是心知肚明的。阿欢徐积锴跟母亲幼仪相依为命，她的观点大概潜移默化地影响了徐积锴。但是这次访谈中，他也给我提供了一个重要细节，那就是在他1947年赴美前，林徽因曾执意要见他一面。那时，林徽因在北京住院，一度病入膏肓，志摩前妻张幼仪很大度，带着儿子积锴去了。见面时大家都无言，其时徐志摩已经逝去十六年了，林徽因为什么要见他儿子，没人知道。

徐志摩不习惯于表现父爱

徐积锴是位学工程的科学家，虽然其父名声显赫，从他的内心，他也许冀望着儿时有一个普通的父亲。作为一代富商豪族的嫡系长孙，除了父爱，他拥有太多的爱，但那被搁置了的父爱或许影响了他的一生。也许就是为了这，这个一生富贵的诗人之子的笑中总有一丝羞怯。他幼小心灵中总挥不去那一抹遗憾——他曾经像一个弃儿，丰衣足食的弃儿，皱着眉觊觎着那迟到的父爱。没想到，这迟到竟是永诀。

读新发现的徐志摩日记，可以看到志摩舐犊情深。但那时，中国男人不习惯于表现父爱。从志摩留美日记里可看到他对远在家乡的欢儿揪心的挂念。回国后，国事家事天下事，志摩奔走不停，总以为以后有时间跟爱儿交流。炽灼的情感和晨昏颠倒的生活使他精疲力竭。这其中的无奈，他想等待着儿子长大后再给他们解释。可惜等到的是生离死别。刚离了幼仪，又逝了二儿彼得。可怜天下父母心，一篇《我的彼得》今天读来纵是铁石心肠仍然落泪；那么，就把剩下的爱留给欢儿。爸爸是欢儿记忆中一张褪色的老照片，发黄，但不会随着岁月的流逝而淡去。

后辈难懂志摩诗

徐积锴渴求父爱，但对父亲的事所知不多。问他对父亲的诗怎么看，学科技的他坦承父亲的诗他虽读过，但没有特别的见解，自己的兴趣不在诗。问及徐志摩的孙辈有无治文学者，老人莞尔：一代诗杰，徐志摩的孙辈漫说读他的诗，连能听懂的中文也十分有限。志摩大孙女徐稘会说较流利的上海话，听得懂基本的普通话。但自她以下，次孙女徐放连猜加估仅能懂一部分中文，至于志摩孙子徐善曾竟是连一点中文都听不懂，遑论曾孙辈。志摩的诗虽有译成英文者，但诗之不能译、不宜译是文坛公论。通过英文还能读出多少志摩的心迹？我不知道，也很难想象。

徐积锴说是母亲影响了他的成长和终生。志摩殁后，母亲跟徐积锴相依为命。张幼仪撑起了这个家。她被逼成了个女强人、银行家、企业家兼慈善家，既主内又主外。徐积锴在美留学期间，张幼仪把家辗转从沪上迁至香港，后又搬到纽约，帮他抚养大三女一子，且这些孙辈都成就卓著。

（《作家文摘》2018年总第2130期，摘自2018年4月22日《新民晚报》）

我的邻居张爱玲

·戴文采·

她真瘦，顶重不及四十公斤。生得长手长脚，骨架却极细窄。穿着一件白颜色衬衫，亮蓝的宽百褶裙，女学生般把衬衫扎进裙腰里。午后的阳光照在雪洞般的墙上，她正巧站在暗处，只觉得她肤色很白，头发剪短了烫出大鬈发花，后来才知道是假发。

她侧身脸朝内，弯着腰整理几只该扔的纸袋子。因为身体太像两片薄叶子贴在一起，整个人成了飘落两字。她的腿修长，远看还像烫了发的瘦高女学生。但实际上，那时的她已是六十七岁的年纪。

她微偏了偏身朝我望过来，我怕惊动她忙走开，悄悄绕另外一条小径，躲在墙后看她，她低着头仿佛大难将至仓皇赶路，因为距离太远，始终没看清她的眉眼。

那是我与张爱玲做邻居的一个月里，唯一一次白天见到她。

1988 年年初,《联合报》给了我张爱玲的地址,让我对她进行个专访。我按采访惯例先写了一封十分八股但真实的信给她,希望能采访她。张爱玲当然不见。但换个方式做一场侧写的报道并不困难。公寓管理说她隔壁的房间,十天以后就能腾空,我便接替着住了进去。

公寓所处的这条街两边都不是很平静的住宅区,住着太多黑人、墨西哥人、东南亚难民、印度人……是个"第三世界"。我们的公寓设备还算洁净,房租一个月三百八十美元,押租五百,签约得签半年,另扣清洁费五十,住不满半年押租不退。

在那之前很多年,张爱玲住了很久的流浪中心,带着一张简单的折叠床和小板凳,就因为一次要拿出这么多现金对她很吃力。1967 年,她的第二任丈夫赖雅走了以后,赖雅原来的朋友和亲戚家,她都不适合住,也不被欢迎,不是走投无路不会去住流浪中心。

单身公寓就是套房。里面家具很陈旧也很简陋,但对她来说已经是非常难得的岁月静好,无亲无故也无人照顾的她,活得太吃力、太辛苦。为什么她好些年没有和弟弟张子静联络,也不回信,应该根本没有收到信,流浪中心也没法替流浪者收发信件。

因为我的住所与张爱玲的公寓只有一墙之隔,所以虽然极少照面,但从张爱玲丢弃的垃圾袋及隔壁传来的声音中,也可以发现很多"秘密"——关于张爱玲的日常生活琐事。

好多年前有文章说张爱玲仿佛吃得很"随便",多半吃零食,且喜欢用大玻璃杯喝红茶,还喜欢吃芝麻饼。可惜张爱玲现在不能再就着茶吃零嘴了。她的牙坏了，吃甜食配茶几十年才坏牙，可以想见原来有副极任劳任怨的好牙齿，可以耽搁这样久。在她的纸袋里，有一袋装了很多棉花球和裁成一小张一小张的擦手纸。棉花球渗着浅浅的粉色，一眼能看出来是淡淡的血水。

她常吃 Stouffes 牌的鸡丁派，夹馅有蘑菇丁、胡萝卜、鸡肉丁、洋葱、青豆、通心粉、火腿片、洋芋丁，勾了浓浓的玉米芡汁。附有铝质圆碟子，直接放在炉上烤，吃完碟子一并丢弃。她还吃一种胡桃派，是她现在极少数的甜食之一。她在《谈吃——画饼充饥》里提过，有上海枣泥饼的风采。她完全不吃新鲜蔬菜，鱼肉也没有，其实基本就是罐头和鸡蛋。

她拿罐头配苏格兰松饼，每天喝低脂鲜奶，吃罐头装和铝箔包的蔬菜，这里也看出她对生活的低能。她的医生说她营养不良却胆固醇太高，自然是常吃罐头食物的关系。

张爱玲可以连着一个月不出房门。早上她似乎休息，中午开始打开电视，直到半夜。公寓也供应长住的人有线电视台，有三四十个频道，但可能是她没有钱买吧，她看的是基本频道。她像很喜欢趣味游戏机智问答，常常开着。基本台也看不了几个，她也可能根本不知道有她将嗜之若狂的老电影频道，其实只要给她一个月三十多块钱的有线电视，她就有东西写了，那适合她闭门造车的模式。她万里投奔美国想看的一切，却根本没有钱去看。一个极端不食人间烟火的女子择居极端沸腾的蒸锅中。

她在房里穿纯白毛拖鞋，一阵脏了就买一模一样的回来，最多一个月就得扔一双，其实只要丢进洗衣机搁点皂粉，三两分钟就可以洁白如新，我们的洗衣房在游泳池边，也有烘干机。她扔得很厉害，却又独特偏爱不禁脏的纯白。她喜欢紫灰色调的丝袜，也扔得凶。

她在信手可得的比如银行寄来的小纸头上记下她的购物单，而在背后有一小杠胶的鹅黄速记纸上正楷恭书她忘了做的事，很用力地写。奶油以后的几项特圈两次框，意思大约是几番计较之后列入第一顺位，余下的先得等等了，拿不动的！叉烧包又画掉了，真有一种纤洁的无可奈何，因为不会开车，每一个小小的愿望都得等养足了气力。

张爱玲实在自闭得厉害，但也并不觉得她活得像惊弓之鸟，起码看拼字节目的她，似乎很愉快，愉快到出来倒个垃圾，也喜悦地戴上假发，她并不为看不见的遥远的"张迷"们而活。张爱玲在某一个层面上是个涉世很浅的孩子，保留了天然混沌的羞怯。

她偶尔读三份报纸，《洛杉矶时报》《联合报》及《中国时报》。她半月才拿信。三更半夜拿。她用《联合报》航空版信封皮子打草稿，袋里也拾到我自己写给她的信皮子，但信她收存了，我寄的信封上也写满了字，其中两句话是她的心声，她说她一住定下来，即忙着想把耽搁太久的牙看好，近几年在郊外居无定所，麻烦得不得了，现在好不容易希望能安静，如再要被采访，就等于"一个人只剩下两个铜板，还给人要了去"。

她整个的生活，才是我们该有的真正的抱歉吧，一口好井的完全枯竭，是因为没有水源供水。不论盖棺论定时的公允评说如何，但在她生前围绕着她的作品立足文坛的人这么多，这里的荒谬和不解，难免会叫人想起她自己的句子：再好的月色也不免凄凉。她虚无的名声，就像那凄凉的月色。

（《作家文摘》2014年总第1730期，摘自《我的邻居张爱玲》，戴文采著，九州出版社2013年4月出版）

上官云珠百年祭

·江平·

本是韦小姐

1962年，新中国评选出的二十二大明星中，上官云珠是我唯一没见过面的一位。但是，她的许多好友，如白杨、桑弧、孙道临、白沉、项堃、顾也鲁、马骥、白穆、李纬、徐昌霖等前辈，都曾经是我的忘年交。她的故事，我是听他们说的。

电影界的老人都亲切地唤她"上官"，而上官本姓韦，名均荦，又叫韦亚君，江阴长泾镇人。十六岁嫁当地商贾人家，夫姓张，名大炎，长她九岁。不久，育一子。抗战爆发，家人为了躲避战火，几经辗转后流落上海。

韦小姐第一部电影的合作者顾也鲁先生曾这样回忆：拍《王老虎抢亲》时，沪上电影大亨张善琨因为片酬问题和红颜知己童月娟闹翻，童当时很知名，家喻户晓，不惧老板，二人僵持。老板发誓要另捧他人，偶见巴黎大戏院隔壁何氏照相馆的开票小姑娘，灿若出水芙蓉，遂拍板让导演卜万苍大胆起用新人，卜导即为韦小姐改艺名：上官云珠。一时间，大报小刊全是她的头像、剧照、报道。不料，数日后，童美女和老板摒弃前嫌，握手言和，条件是叫上官云珠卷铺盖走人。老板无奈，下逐客令。之后，报纸上各种污蔑文章铺天盖地，说上官云珠是"绣花枕头草一包""不会演戏""试镜后被换掉"。刚到水银灯下即坐"过山车"，上官一抹泪一跺脚："这碗戏饭，我吃定了！"

美人多坎坷

旧社会，想要在电影圈立足，总得有些靠山。上官云珠心地纯净，一不认干爹，二不拜码头。她爱演戏，便在圈内找老师觅知音。此时，人称"大才子"的剧作家、翻译家姚克出现，给了她艺术上极大的帮助，而张大炎张公子本来就反对夫人从影，见上官日渐红火，心中不悦，带着儿子，走人，返乡，随后在离婚证上签了字。

上官和姚克正式结婚了，次年，生女儿姚姚。多少年后，上官云珠对好友黄宗英说，没有姚克，她也许只能在《清宫怨》里演个宫女，因为姚克是编剧，懂戏，会国语，有学问，教她真正学会了表演。

不过，好景不长。姚克移情别恋上自己干妈的女儿吴某。上官生性刚烈，闻知，当即带着两岁的女儿和姚先生"拜拜"。是时，日本战败投降。八年离乱，在重庆的许多电影人会聚上海，几经飘零的天才演员蓝马，闯入上官的生活。因戏生情，志同道合，这段日子，上官和蓝马很是恩爱。

赵丹大师曾说，蓝马是个好人，但是大大咧咧，不修边幅，人称"懒马"，而上官小资情调，爱干净，要整洁，当时她红透半边天，社会交际也多，蓝马渐生疑心，二人矛盾日增。

这一年，上官云珠因为在兰心大戏院演戏，进进出出间，对温文尔雅的执行经理程述尧产生了好感。1950 年农历年底（具体日子待考），程述尧与上官云珠在兰心大戏院二楼大厅举行婚礼，艺坛轰动，孙道临、路珊、陈鲤庭诸多好友捧场庆贺。

当时，新中国新政权对文艺界特别关照，程和上官都是高收入，住着复兴西路 147 号宽敞的洋楼，日子阔绰，还养了条德国名犬，宾客盈门，高朋满座……有人提醒：解放了，要改一改资产阶级做派呢！程述尧不当回事，依旧莺歌燕舞。不久，有人检举程述尧贪污劳军募捐的财物。上官云珠容不得身边的人有一丝污渍，哪怕是冤枉的。她痛下决心，毅然决然提出离婚。

练一颗红心

上影厂著名摄影师沈西林曾经告诉我，上官的哥哥韦布（八一电影制片厂著名导演韦廉的父亲）曾经是老上海电影界的制片主任，可能是地下党，人活络，路路通。他把拍摄《三毛流浪记》的经费省吃俭用抠下来，买了胶片交给朱今明先生（沈西林的老师、《一江春水向东流》的摄影），派他们去江阴要塞，冒充国民党战地摄影队，拍摄"阻击共军渡江"的场面。既然要去前线，就得搞几套军装，韦布就想到了妹妹上官云珠，她名气大、面子大。果然，到了京沪杭警备司令部，上官云珠一开口，几套国军校官服装就搞出来了。朱今明、罗及之、顾尔镡三位年轻电影人乔装打扮，冒死拍下了那珍贵的历史一刻。

1949年初夏，红旗插遍十里洋场。金秋，上海联合电影制片厂成立，上官云珠迎来新世界。因为有人说上官云珠只能演姨太太和交际花，她先后失去在电影《女司机》《两家春》《渡江侦察记》中扮演工农兵的机会，加上丈夫所谓的贪污问题，上官云珠一度跌入演艺生涯谷底。

一天，听说导演白沉要拍摄反映琼崖革命的电影《南岛风云》，上官觉得机会来了，她特别想演女主角符若华———一个游击队的护士长。得知男主角是与她合作十分默契的"秀才"孙道临，她便找上门去。孙先生告诉她，女一号已经内定张瑞芳了。当时的上影，按阶级成分排队。从革命老区和解放区出来的，根正苗红，算第一类；在国统区坚持进步艺术的外围成员，算第二类；而出于各种原因留在上海孤岛的演职员，属于内部控制使用对象。上官云珠哪敢跟1938年入党的老大姐张瑞芳去攀比，不料，正直的瑞芳老师听说此事，立刻找了一个要随周总理出国的理由，辞演这部电影，力荐上官。导演白沉早就想用上官云珠，给她出主意说："你要磨两手老茧，练一颗红心。"

晚年的白沉曾经心疼地说："我可害惨上官啦！听了我的话，上官每天傍晚去大木桥马路上帮工人推车、拉煤；8月里，大太阳顶头，上官云珠在烈日下和码头工人一起劳动，把自己晒黑，而且不喝水，拼命把皮肤弄糙。"白导演感动不已，向厂里提出，应该用上官。领导回复，主要是从心灵深处脱胎换骨，还须再考验。上官云珠便约了仲星火、冯奇、穆宏，一同去南京路上好八连体验生活。整整一个多月，光去奉贤来回野营拉练就有好几次，几十里路奔跑，上官云珠每回坚持不掉队，几乎虚脱。苍天不负有心人，一年后，影片上映，一炮打响。毛主席他老人家在中南海看了《南岛风云》，点头称赞。领袖对新中国文艺工作者的谆谆教诲和充分肯定，让上官云珠与她的同事们如沐春风。

没有敌人的好人

然而，上官云珠的艺途并不顺畅，她再没能主演过电影，三十出头就开始演老教授、老婆婆、老农妇这些配角。

1968 年 11 月 23 日，饱受癌症病痛折磨，又被造反派迫害毒打的上官云珠，在那个天还没亮的清晨，纵身从高安路和建国西路口那栋楼房的四层窗口跳了下去……

1978 年，上海电影制片厂隆重召开追悼会，为上官云珠平反昭雪。2005 年，中国电影百年华诞，上官云珠被选为世纪影星。十来年前，我的恩师吴贻弓想拍上官云珠的故事。上官的儿子韦然，跟他父亲一样，是个特别憨厚又十分低调的人。他怕写他的母亲，涉及其他许许多多的电影人，如何下笔？时任中国电影家协会主席的吴贻弓一锤定音：上官云珠是在电影界没有一个敌人的好人。

（《作家文摘》2020 年总第 2329 期，摘自《大众电影》2020 年第 4 期）

宝庆路 3 号

·沈轶伦·

2014 年 12 月，朋友来微信告知，宝庆路徐元章在郊区去世。寒冷冬夜，我似乎又一次听见徐元章用软糯的上海话说："离开宝庆路，我走走忒算数了呀。"上网翻看纪实频道的节目时才发现，宝庆路的豪宅已经易主。而徐元章，离开宝庆路，被安排去了闵行。像被拔离了泥土的植物，根筋寸断。

初　访

1957 年，徐元章的外祖父——上海滩做染料起家的资本家携一众亲眷和细软远走香港，膝下十三名子女自此各奔东西。留在上海的母亲，带着十三岁的徐元章搬进外祖父留下的这幢豪宅。

2005 年，我在做媒体实习生时想写一篇关于画上海建筑的画家的报道。一位非常年长的本地朋友推荐我：不妨去看看徐元章。"他画水彩，而且他只画老洋房。"给我的地址一看，就是宝庆路 3 号。

当循着地址按响门铃的时候，我才意识到，从小到大，其实很多次走过宝庆路时都路过这里，也曾留意篱笆墙里的洋房。没想到现在门开了，女人一般矮小的徐元章站在我面前，虽是初见，却犹如已经认识我十来年那样熟络而随意地说："你来得正好，我正在煮咖啡呢，赶上下午茶时间了。"这便是开场白。

去采访对象家里，我特地买了一盒红宝石小方才去敲门。带着这盒奶油小方，我跟着徐元章穿过一间低矮的杂物间，转过看上去快要塌了的楼梯，再穿过一间厕所，然后是一条甬道，突然豁然开朗，一间方正明亮的跳舞厅赫然在眼前。有一百多平方米的厅，铺着黄色的地板，朝南一侧是一色落地窗，窗外白色的台阶下，便是那五千平方米的草坪。尽管屋内四壁墙纸剥落，堆砌的家具一看都是二十世纪七八十年代的，但是这间阔朗的舞厅和这排窗户，依旧不失气势。

舞厅西侧，是一间小画室，暖气开得很足，这才是徐元章平日待客的地方。有几个中老年人慵懒地各自占据一个座位，一看便知是熟客。其中一位自称是律师，自我介绍说兼职徐元章画作的经纪人。还有一位看上去足有八十岁的老爷爷作猫王打扮。他坐姿笔挺，对自己的装扮安之若素。

画 作

记得当时老爷子说着说着开始跑题，半路拿出自己妻女的照片一张一张翻给我看。他的老婆异乎寻常地漂亮，当我看到照片的时候，就知道不是寻常男人能留住的那种。果然，徐元章轻描淡写地说："改革开放后她出国了，后来把我们女儿也带去那边，再也没回来了。"

徐元章学画，拜过张充仁和俞云阶为师。少年时代，徐元章学画的过程并不是去大师家登门求艺，而是这些大师来他家手把手教他。这似乎成了徐元章后来大半生的写照——外部的世界是到这幢房子里来找他的，至于他，却几乎足不出户。

他不画人物，也不画别的景物，一幅接一幅的作品里，唯一的主角是上海的老洋房。徐元章画的是上海，是上海市民见惯的街景与建筑，但他画的又不是上海，不是这个热闹的时髦都会，而是画家内心世界里的上海，洋溢着梦幻般抒情的气氛。

舞 会

报道出来后，徐元章给我打电话，邀请我周五晚去参加他的舞会。那个时候我在大学学生会里刚刚学会一点点"慢三"，在有人带我的情况下，勉强能跳恰恰。想到老人家的舞会不外乎是公园里老人跳舞角的那种，应该足够应付，我便欣然赴约。

舞会差不多是七点开始的。一群年过古稀的老人已经陆续就位，找到他们熟悉的沙发和椅子一一坐定。据说他们当中有医生、有退休教师，但是绝大多数人的身份是后裔——昔日上海滩资本家、大班、洋行买办、留美律师医生们的后裔，住在上海滩上只角洋房和花园公寓"好人家"里的后裔。白天斑驳陈旧的地板，夜晚灯光一打，竟然泛出上好柚木的颜色。由于玻璃的镜面效果，这舞厅又显得比平日大了一倍。

"猫王"开始放音乐，作为舞会的伴奏带，统统是英文歌，是二十世纪三四十年代的欧美老歌。他们开始步入舞池，自称的时候不说"阿拉"，而是用更为正统的上海话说"吾伲"，称呼对方都是查理陈、马丁李、密斯黄。向我介绍时，先要说到他们的父辈："老早上海有一家洋行，他爸爸就是里面总经理呀。"我摇头，一律表示不知。但这身份是他们的入场券。

有位老先生过来请我跳舞，年逾七旬，光头、矮个、穿紧身西装，一支舞跳好不带喘气的。倒是我跟不上节奏，一曲舞毕，决定安心做壁花，看着眼前这群老人家。

徐元章不太跳舞，他笑眯眯地看着他的宾客们，适时上来加些汽水和饼干。看到每个老中青女人都软语温存几句。中途不断有熟客自己摸着门进来，有些略年轻的老男人（五十岁左右的），会带几个娇艳的年轻女孩子来。她们中，有戏校的，也有舞校的。

临走的时候，我想去和徐元章道别。看到画室里亮着灯便跟着灯光走过去。隐约掩着的门半开，我刚走到门口就发现徐元章不是一个人坐在里面。画室里开着一盏黄色的灯，暖暖的色调照在他和一位相当年轻的女士身上。他们手拉着手，喁喁细语，那位年轻女士的头几乎靠在徐元章怀里了。按照年龄来说，徐元章足够做她的父亲甚至祖父。但奇怪的是，此情此景看起来并不是不自然的，眼前这幅画面看起来是干净的，甚至是宁静的。

我帮他们关上了门。

在《胡桃夹子》里，被诅咒的王公大臣变身玩偶，只有到了夜深人静的时候，魔法才会解除，这些贵族才能恢复人形，自由走动。对于徐元章和他的朋友们而言，每周五的这场舞会，不啻是有如上意味。昔日小开名媛后代，在这间屋内重拾十里洋场的鸳梦。徐元章宛如回到少年时代，1957年的夜晚，华丽的豪宅内，那是妈妈和朋友们每夜跳舞通宵达旦的声响和场景，高跟鞋击打着弹簧地板，每一个音符都回来了。

（《作家文摘》2019年总第2287期，摘自《隔壁的上海人》，沈轶伦著，上海文艺出版社2019年7月出版）

叶圣陶长孙三午的诗

·汪家明·

光　环

　　一代有一代人的诗，一代有一代人的文字。三午的诗堪称我们这代人的精神之弦，轻轻一拨，就能引发共鸣。我太熟悉他诗里的一切：感时伤情、顾影自怜；胸怀大志、激情满满；生活坎坷，自怨自艾；年华虚度，诗兴阑珊……

　　三午虽然是叶圣陶的长孙、叶至善的长子，是大教育家、大编辑家的后代，可是在短暂生命的很大一部分时光里，他都在密云林场做工，风餐露宿，种植和养护树木，即便是干活时不慎从山坡摔下来，诱发了强直性脊柱炎，腰背越来越弯曲，竟至丧失了劳动能力，他仍是林场工人，曾被照顾做看管电话总机之类的工作。

于是，他和当时许多知青一样，经常回北京的家里"泡病号"，又一次一次被林场催叫回去。可以想象，作为克己奉公的国家干部，叶圣陶和叶至善既为三午老是跑回北京感到不安，也为他的身体着急心痛，默许他待在家里不走。而且我猜，两位一向忠厚、低调的长辈，也许并不认为三午在客厅里不分昼夜，与一帮无业青年高谈阔论、听音乐、玩摄影是什么正经的事情。可是三午，在林场，他是有残疾的、勉强从事最不重要工作的工人；在北京家里的客厅，他则是艺术家、诗国的帝王。

叶兆言曾说："三午是我们叶家第三代人中最有希望成为作家的人。他身上有饱满的诗人气质。"

我是在三午的客厅里开始步入文学殿堂的。当我还是一名文学少年时，我有幸在三午的引导下，看世界名著，妄谈文学，并且深受比后来红极一时的朦胧派更早、更不食人间烟火的诗人的影响。

不仅叶兆言，许多如今的作家、艺术家乃至学者，如阿城、多多、傅惟慈、王湜华等，都曾是三午客厅的常客。他们听三午讲《基督山恩仇记》，朗诵三午的诗，唱三午那首被配曲的《不要碰落……》（妹妹小沫记得这首诗是哥哥写给她的），生活在三午营造的光环下。

据说三午朗诵自己的诗会流泪，读不下去。他是十七八岁开始写作的。与所有学诗的人一样，最初几年是模仿阶段，但感情最为纯真。比如他写过一首《我又造访了》，显然来自普希金的《我又一次造访》；还有一首模仿普希金的《墓志铭》：

这里埋着驼背的青年

他活过　写过　爱过

他弱　生活的重荷

压弯了他的肋骨

他笨　他的笔点不燃

人们心中的火……

小沫在这首诗的读后记里写道：

　　三午是我们家几个孩子里长得最帅的一个，二十几岁时患上类风湿，后来又转成强直性脊柱炎，受尽病痛的折磨，很早就驼背了，但是写这首诗的时候他还没有驼背，难道就像他预见到了自己的早逝一样，也预见到了自己的驼背？对这一点，我和弟弟都觉得不可思议。

这还真有些蹊跷。普希金和莱蒙托夫在各自的代表作里都写过决斗而死的情节，而他们真的因决斗而死。难道敏感的诗人能预见自己的不幸，并因此写出优美的诗篇？

打　击

1966年1月，三午写了一首伤心欲绝的诗：

像离了弦的

箭

责怪

怨恨

射向我心灵。

唉，

我呵！

本来可以

一伸手臂

把你搂到我怀里

那时我会

对

整个的星空

亿万个生灵

我会说——

带着骄傲，幸福

我会大声说——

让每个字像雷霆：

——哭泣吧！宇宙

亿万个春天

都在我怀里！！

可……

……可

我

迟疑了

犹豫了

怯弱了

我被世俗灌醉

轻轻一推——

那静悄悄的一推

没有天旋地转

地崩天裂

没有悲切音响

凄惨的光彩

只是静悄悄的一推呵!

我却永远永远

失去你了——

失去你

失去了

　　三午小时候结识了一个维吾尔族女孩热米拉。他们通信多年,后来热米拉考上民族学院,来到北京。她爱上了三午,可是三午理智地拒绝了。悲伤的热米拉回了新疆,不久死于一次意外。

　　这事对三午的打击很大。此后他诗里的人生滋味更朴实、更真切了,写作手法也趋成熟,诗句似乎是流淌而出,几乎不见修饰的痕迹。他的写作进入第二阶段。他写给白杨树，写给香烟，写给自己的影子，写给自己喜欢的作家，写给卖火柴的小女孩——信手拈来，化物为人，化虚为实，视野大大扩展了。

离　世

　　三午从 1960 年写作到 1974 年封笔，共十五个年头，而最后三年写了五十二首，占全部作品的 58%。这是他创作的第三阶段。这一阶段的特点是：内容愈加抽象，表达有些晦涩，思想和感情完全融为一体，堪称"朦胧诗"的先声——

　　　　　　我们累乏的心是

　　　　　　湛蓝的天

　　　　　　让闪电划得支离破碎

　　　　　　焦急的

　　　　　　刻不容缓伸出手去

　　　　　　敲——

　　　　　　不　那不是门

　　　　　　那是堵墙

　　　　　　扑上去

　　　　　　用整个的身躯

　　　　　　死死按着琴弦

　　　　　　不让这最后的音节

在它上面

滚动

鸣响

消逝……

只有在我心里

你才是太阳、月亮、星星……

而我

是闪着你的光芒的被你唤醒的黎明……

　　如果这些诗在 20 世纪 70 年代末 80 年代初的文学热潮时发表，一定会在诗界占据一个位置。诡异的是，在 1974 年的创作高潮之后，没有任何预兆，三午的写作突然中止，而且对诗完全失去了兴趣。

　　直到 1988 年深秋的一天，小沫对他说："三午，现在你的那些诗可以拿去发表了。"他回答："是吗？那就全权交给你了。"没想到，在这次对话之后不久的 11 月 27 日，三午偶染中毒性痢疾，随即离开了人世。

　　叶圣陶也是在这年去世的，墓地设在他最初开始教育生涯的苏州角直。12 月 6 日，叶至善前去参加父亲的安葬仪式，他悄悄把负责安排的人请到一边，提出一个特别的请求：想把父亲最疼爱的孙子也一起放在墓穴里，"让他陪陪他的爷爷吧"。说着，他含着眼泪，从旅行包里拿出一只盒子，里面分别装着叶圣陶和三午的骨灰。

出 版

2006 年 3 月，叶至善去世。此前一直在北京照顾父亲的叶小沫回到深圳，开始规划自己六十岁以后的生活和工作，其中一件最放不下的事，就是整理和出版三午的诗。

我那时还在三联书店工作。她来信说："如果您有兴趣，我整理出来给您看看。"我回信："不管能否出版，我都想拥有三午的诗。"

此后几个月里，小沫发来三十多封信，整理了八十首三午的诗（成书后有九十首）。她为每首诗写了读后记，有长有短，长的一千多字，短的只一句话。从中可以看出妹妹对哥哥的深爱乃至崇拜，也看出一名资深编辑的严谨和认真，还可看出朴实干净、淡而有味的文字功夫。读了小沫的文章，一个活生生的三午似乎站在我面前。

如今，《三午的诗》终于出版了，小沫寄我一本。这不，重读之下，依然激动……

（《作家文摘》2018 年总第 2156 期，摘自 2018 年 7 月 17 日《文汇报》）

密苏里大学生涯

·董鼎山口述，王海龙撰写·

美国民主的相对性

1947年秋，我初到密苏里大学新闻研究院，美国民主、共和两党正在热烈准备初选运动，筹划次年的总统大选。共和党选定了纽约州长杜威为总统人选，而民主党的现任总统乃是因罗斯福病逝而由副总统继任的杜鲁门。他虽曾下令在长崎、广岛丢了原子弹而结束了大战，但声名仍不如杜威响亮。思想较为进步的民主党人以及其他所谓左派思想分子，另组了一个进步党，推出当时的农业部长华莱士作为第三党候选人。这样的做法当然分散了民主党实力，很令人不满。

但是华莱士在青年群中还是颇得人心。那时，退伍军人已纷纷返家，他们在国外见过世面——特别是跟那些在农村生长的土包子相比——许多退伍军人因有政府津贴，可以免费进大学，他们都不放弃这个特殊权利。一时，美国各大学中多了一批年龄较大而成熟的一年级新生。这些新生对政治有兴趣，特别注意进步党活动。华莱士乃趁机前往各大学校发表演说。1948年春，他也来到了密苏里大学。当时我自己因思想倾向关系，在校中所交朋友都属民主党中较左的学生团体。我们一起去听了华莱士演讲。在他的记者招待会上，我也用了上海《东南日报》的名片参加，与他握手相谈几句。他见到在这小小的大学城中，竟有一位外国记者来采访，似乎很高兴。

华莱士当然没有当选。我与朋友相谈，问他们为何不投他一票。他们说，他们不想让共和党当选，如投了华莱士一票，反而减少了民主党票数。而我竟是这么幼稚，连这一点常识也不懂：你可以思想前进，但在实际政治上，你必得取胜，不要天真地浪费你的票数。果然，天真的进步者显然不少，一般报纸舆论都预测杜威必会当选。你可曾在历史书中看到那张著名的新闻照片——杜鲁门笑嘻嘻地向记者指着一份日报的封面，大标题是"杜威取胜"。杜鲁门虽因华莱士而失去不少票数，但还是胜利了。

因肤色产生的差异性对待

位处美国中西部的密苏里州，正在内战时期的南北分界线上，因此仍保持了许多南方传统，即使在我们较为开明的大学城中，黑人住宅区也完全与白人住宅区隔离。黑人不能在餐馆进食，只能做工；在电影院中，他们必得坐在楼上；乘公交车，必坐在后座等。我就读的新闻学院虽是公立大学，本州学生可免费进学，但黑人学生直到20世纪50年代才由州议会通过法律准许入学。

因此，在我们国际学生群中（也有皮肤黝黑的印度人、阿拉伯人、南美人等，没有非洲人），对这类种族隔离习俗很看不惯。特别是印度学生，有的竟在头上包了头巾（好似我在上海所见一样），以免被误认为黑人。印度学生因为肤色而在美国社会所遭受的歧视，我也亲眼见过。一般而言，华人学生颇受外宾似的礼遇，有时我与女同学或两所女子大学的女生交友、看电影和参加舞会，都无障碍。但印度学生的遭遇可不同。

当时在密大的学生团体中，除了"兄弟会""姊妹会"以及教会团契之外，还有思想进步、成熟学生所组成的"民主党学生组织"与"进步党学生组织"。那时正是国内国共内战激烈之时，校园中经常有讨论会。某个晚上，我应邀去一位教授家中聚会，听一位外来学者的演讲。集会听众都轻声细语，好似不敢大声喧闹，以免惊醒邻居。不久，一辆汽车开到，一位身材高大、面容尊严的黑人大踏步进入客室。他就是主讲人，乃是外埠一个黑人大学的名教授。我今日所记得的不是他的演讲内容，而是当时所感到的黑人于晚上进入白人区做客的聚集者小心翼翼的气氛，六十年后想起来，真觉可笑。

大都市与小城镇

我经常劝告有意前来美国留学者，不要直赴大城市如纽约、旧金山、波士顿等，特别是纽约。纽约不是纯粹、真实的美国。它是个人种复杂、语言众多、三教九流、习俗各别、同类人集居的各种社会合并的国际大城市。要学习真正的美国，你必须到中西部与南方的小城镇去居住一段时间。在那里，特别是城外的农乡，你才可以遇到居留已有数代的真正的美国人。

他们不一定见过世面，他们思想保守而待人处世态度纯真。他们信教助人的热心是真诚的。但是，现在这类小城镇也在变化。随着国际难民、移民的涌入，小镇也产生了贫富不均，种族、宗教不同的隔阂。不同教徒之间遂起了冲突，社会不再安宁，犯罪也开始滋生……这样的景况，或将是未来美国的缩影。

我在密苏里待了五年，到1952年才获得硕士学位。其原因主要是在此期间，与家里信息不通，不能得到父亲资助，一面又担心国内情况，报上信息极少，偶然才在加拿大报纸上看到一些新闻（当时新中国不准美国记者入境）。我花了很多时间打工赚钱维生，餐馆老板娘很赞赏我的勤快，给我加了工资。五年中我与很多本地人交了朋友，生活不错，临别时依依不舍。

（《作家文摘》2017年总第2019期，摘自《董鼎山口述历史》，董鼎山口述，王海龙撰写，江苏凤凰文艺出版社2016年12月出版）

母亲和我的晚清史

·贾英华·

母子议论《清宫琐记》

自幼记得，我母亲酷爱读书。她时常说，最大享受就是躺着看一天书。她的习惯熏染着我终身喜爱阅读。

东四六条东口有一个旧书铺，母亲时常从那里花钱租书。一本书拿来，全家人要传个遍，很多时候会因超时被罚钱。大约我上小学四年级时，母亲租来一本裕容龄的《清宫琐记》。没多久我居然在同学家上课外小组时，意外见到了住在同院已近垂暮之年的裕容龄。返家后，我兴奋地告诉母亲。母亲将信将疑，盘根问底询问这位慈禧女官的情形。

说起来，我家居住的东四牌楼一带皇亲国戚着实不少，老北京聊天时，总免不了涉及这个常叙常新的时髦内容。这对于我后来迷上晚清史，何啻启蒙之初？提起读书，母亲总是笑着说："如果借来一本书，英华总爱盘根问底，非问出谁也答不出的一百八十个问题来哟。"

待人行事富有人情味

善良正直，这是母亲教给我的做人道理。当老街坊——溥仪帝师之子朱毓鋆被遣返回京，急欲出手几幅旧字画缓解窘境时，我母亲立刻启用互济的钱，接济朱老一家。大凡街坊有了难处，她无不伸手相助。她的口头禅是：宁说千句有，不说一声无。这使得她在四邻八舍有了众口一词的好人缘儿。

我内心多少有点儿惧怕母亲。"三年自然灾害"期间，有一次我去买茶籽油，途中不慎丢了油票，谁料归来后母亲没责备我一句，反而轻松地为我解脱："丢了东西，又不是偷了东西。"由此，我懂得了宽容和理解。

屋漏偏逢连阴雨。父亲刚发下的全部工资在家里不翼而飞，全家人急得火上房。然而母亲温和地挨个询问孩子，家里有谁来过？听后，母亲立刻判断是来过我家的一个男同学偷走的。母亲悄然嘱我，速唤他来。果然，母亲跟男同学一番单独谈话之后，他当即交还了偷走的钱。至今，我也不知母亲当年跟他说了些什么。然而，母亲的准确判断以及处理事情之神速，始终令我钦佩不已。

母亲曾因没车钱从东单肩扛旧缝纫机徒步数里回家。等我长大成人才知这即使对一个壮小伙儿也非易事。"没有吃不了的苦，只有享不到的福。"这是母亲的一句口头禅。20世纪60年代，父亲自愿报名赴宁夏开发大西北，已获单位批准，母亲却坚决反对，理由是孩子要在北京上学。最终全家没能迁至宁夏。

前些年，我去宁夏出差见到作家张贤亮时，笑着谈起："若非母亲当年多说几句话，我差点就跟你一块儿成了宁夏人啦。"返京后，我跟母亲学舌，母亲也笑了。由此看来，若非母亲坚持己见，我那十几部"末代皇帝系列"作品自然无从问世。

低调的母亲广结善缘。著名舞蹈家戴爱莲的弟弟小戴，是个一米八高的帅小伙儿，然而患有病症。自从他成了母亲的徒弟，两人形影不离且相伴上下班，病情缓解不少。

小戴的母亲出于感激之情，时常骑一辆红色26自行车来看望我母亲。她得知我在研究溥仪，竭力帮我寻找到一份"文革"整版批判溥仪的红卫兵报纸，冒雨送到我家。直到多年后，历史博物馆仍向我征集这件珍贵的文物。没几年光景，徒弟小戴忽然去世，母亲黯然伤心了许久。

"这不过就是一个笔墨官司"

自打溥仪遗孀李淑贤搬到八条胡同，遂成了母亲好友，时常来我家串门。

1976年唐山大地震波及北京，人们全住在大街上临时搭起的地震棚里。母亲吩咐我弟兄三人先给李淑贤搭建地震棚。但她不敢单独住，而和我家人同睡一个大床铺。在余波不断的夜半，李淑贤屡屡向我全家人讲述起溥仪婚后的真实生活。

全国政协召开溥仪追悼会，李淑贤诚邀母亲陪同参加，可母亲不想去。临头一天，母亲想了想，嘱我对李淑贤说一声可以陪她前去。可全国政协只派来一辆车，李淑贤掰着手指头数人——我一个，你一个，加上七叔的五儿媳以及仇鳌儿媳妇等，数来数去座位不够，只好作罢。

母亲并没当回事，行前只叮嘱我："李淑贤让你代笔给溥仪骨灰盒写墓志这事，你要听一下溥杰的意见，其他人甭管说什么，可不用理会。"

我和李淑贤最初合作撰写《溥仪后半生》一书，是李淑贤当面和我母亲商定的。尔后一个前来"约稿"之人，"取走"我全部手稿和我整理的《溥仪日记》等资料，以他自己名义发表。李淑贤最初和我一起向有关方面反映真实细情，而"情况汇编"披露真相后，李淑贤出于某种原因变卦，试图否认此前的合作。知道全部真相的母亲气愤地找到李淑贤，当面责问："你为什么坑英华？当初，你是怎么求我让英华跟你一起写书的，为什么现在不认账了……"

坦言之，当我手中寸纸皆无之际，母亲并不赞成我重写这部书，劝我不要"置气"。但我还是开始了人生第一次拼搏——十年业余艰苦采访和创作。母亲随即转变态度，舍弃一切工作和薪水，到我家专门照料我，鼎力相助我写成"后半生"。当我把第一本样书亲手送给母亲时，她拿起书，仅说了一句话：

"不容易啊。"

开朗达观，是母亲留给子女的无形遗产。《末代皇帝的后半生》官司轰动海内外，我压力极大，睡不好，吃不香。母亲见此，拽我坐下，劝我几句宽心话："你记住，这不过就是一个笔墨官司，有什么了不起？自古以来，笔墨官司多了去了，打这样的官司不算寒碜。你是我儿子，书是你写的，理在你这边，怕什么？"

法院开庭那天，母亲偕街道居委会几位主任亲赴法庭做证。

我预先向母亲透露了一个信息，几年后我会动笔撰写《末代皇帝最后一次婚姻解密》。母亲叮嘱我，你要考虑好。母亲确实料事如神，尔后引发的一场官司，虽以我胜诉告终，却耗费了几年光阴。

我的另一部书《末代太监孙耀庭》背后，也有母亲的身影。起初缘于好奇，母亲首次前去广化寺看望老太监孙耀庭，两人一见如故，遂成好友，隔不久她便要到庙里探望一次这位老人。

我每次去庙里，老太监总不忘问起我母亲。相问的时候，老人的眼神总是一眨不眨地盯着我，仿佛唯恐漏下任何一句话。老太监对我母亲的评价是：这老太太可绝非一般人，是个有历练的大明白人哪！

一天，老太监亲自监厨，指点别人烧了一道菜，趁热送给我母亲。隔一天，我母亲也亲手做了一碗香喷喷的米粉肉，送到老太监手里。老人尝后赞不绝口："绝不比宫里御膳房做得差哟。"

（《作家文摘》2019 年总第 2245 期，摘自 2019 年 6 月 5 日《北京青年报》）

梦萧珊

·杨苡·

　　一个凝聚着爱娇的、带笑的声音在我耳边响起来："你们看，巴先生的头发怎么白啦？真是不可想象啊！"

　　我们都跟着笑起来。我说："你没看见我们都成了老头老太啦！"辛笛笑说："陈蕴珍（萧珊）嘛，她是不会老的！"巴金用他改不了的浓重的四川口音开腔了，他哈哈笑着："陈蕴珍总像个小孩子，真是的！真是的！"

　　我发现我躺在黑暗中，生者与死者的影子一起掠到我面前又一个个地消逝……我伸出手来，多想拉住你，我说："蕴珍，你别走，干吗那样匆忙？"你却无声地飘然逸去。我的眼睛突然涨满了泪水，这又是个梦！

　　1973年5月，我编造了一个借口，请假到上海去看巴金先生。瑞珏和小林到车站接我，我们在车站附近一家拥挤的小饭店里随便吃了碗汤面，互相交谈了那些年大家的情况，然后我们坐公共汽车到高安路下车，三人默默地走到我原先那样熟悉的大门前，九姐出来迎接我，九姐说巴金先生亲自到菜场找老母鸡去了，为了接待我这个多年不见的"远客"。

巴金先生已是满头白发了，那时他还不到七十岁！我们似乎都在强忍着几次想溢出的泪水，却专门谈些在农场或干校劳动时如何苦中作乐的话题。他时不时地摘下眼镜，擦着眼角溢出的水滴，说是眼睛不好，牙齿也不行了，却又不停地反复说："我还好！我还好！"

晚上，我睡在九姐同瑞珏的房间里，夜深人静，瑞珏详尽地讲述了这几年你们家的遭遇，她谈到你的病怎样被发现、耽误，和你做手术前后的情景。九姐打开靠墙的箱子，取出一沓照片……

九姐告诉我，由于你已经被耽误了，做了切腹手术后，发现癌早已扩散，最后也只能带着没有愈合的伤口，包包扎扎，穿着与原来的体形不适合的肥大的一套服装入殓。

这天夜里我不能安眠，我在想着你在最后的六年中所受的折磨和侮辱。你扫街，站在你的"巴先生"身边"陪斗"，你默默地看着那些歪曲事实、文字拙劣的大字报，用身子挡住巴金先生，自己的脸上却被带铜头的皮带狠狠地抽了一下……我可怜的朋友，难道我们年轻时向往的生活竟是这样冷酷无情吗？

当年，在昆明一个饭馆里，在一个只有五个人的小宴中我才懂得你们等于订了婚；在贵阳花溪的清苦的"蜜月"；在重庆第一次以"巴太太"的姿态出现在老朋友面前；在成都的待产……你好奇又不安。然后你回到上海，在房子里系着围裙，忙吃忙穿，抱着孩子参加朋友们的高谈阔论，也在哇啦哇啦地嚷着："天快亮啦！"

是的，天快亮了！萧珊，小三子！你是爱国女中的学生，你懂得热爱我们的祖国！你甘愿抛弃在上海的舒适生活，却到内地去过你从来没有经历过的艰苦日子，那时你才不过是十九岁！

我还记得你在结婚之后我们一共有过三次的长夜谈。

最后一次长夜谈，已进入20世纪60年代。1960年春节期间，正是春寒料峭的季节，我在前一年由于所写的两篇儿童文学出了问题，当时批判会议的记录全发表在《雨花》杂志上。我的心情不好，来了还是住在你家。这天夜晚你在二楼大书房里备了一盆烧得旺旺的炭火，我们三人谈到半夜。的确当时我们都不大明白，然而那天夜里，你们的安慰和勉励却使我支撑下来，很快地又恢复了自信与乐观。

萧珊，你坐在黑暗中想起什么？你有没有回忆过在我们年轻的时候，在昆明大西门外的那一次大胆的夜行？——

你、树藏和我三个人在沈从文先生的家里度过一个十分愉快的夜晚，时间大概是1939年年底，那时我们联大的女生宿舍还在城外农校的一个小楼里。这天可能是除夕，我们聊个没完，听着沈先生浓重的湖南口音的笑谈，谈林徽因，谈诗和散文，谈我们这些少女应该怎样珍惜这读书的好时光……我们完全忘记我们该赶夜路了，忽然发现已是午夜，这才恋恋不舍地站起来。三姐怎么也不让我们走，怕路上遇见"强盗"。我们却嘻嘻哈哈地满不在乎，我们说："我们是三个人哩！三个人足可以打一个坏人！"沈先生笑眯眯地看着我们："啊哈，三个勇敢的少女！"

这是我们三个人唯一的一次在一起的夜行，没有多久，我们各自走进不同的命运，三十多年后你躺在殡仪馆的停尸床上，紧闭着双眼，而树藏成"活着的死人"，直到1981年2月才永远合了双眼。

你是个好主妇，虽然你不喜欢用"贤惠"这个词汇来形容你。20世纪50年代你为巴金定制大大的方枕头，你说："巴先生喜欢大枕头，他可以靠在床上看书，这就舒服多了。"朋友们常常当面笑你娇滴滴的声音和孩子脾气。你总怕你落后了，于是坚持了俄语学习，你翻译了普希金与屠格涅夫的中短篇小说。可是你为了"更好地改造自己的世界观"，却心甘情愿地当了无名的编辑，兴致勃勃地到处组稿，然后又争取下去体验生活。那些年你从未想到该拿几级工资，只想到自己该多做一些对读者有用的事！

你所有的老朋友都在怀念你！每一次在北京或上海我们相聚的时候，总不可避免地谈起你。沈先生和三姐总是惋惜地叹着："这样一个活泼的人，怎么会走得比我们都早！"在上海我们这些老朋友若是晚间在你们家同聚，就总觉得你当然还是跟我们在一起，坐在我们旁边。在上海你的家里，在巴先生的面前，我们尽量不提到你，我却仿佛看到你静静地坐在一只空着的沙发上，跟我们一起聊天，吃晚饭，夸奖着九姐炒的"鱼香肉丝"，跟辛笛兄没完没了地开着玩笑，然后看电视，不停地发议论。等我们走后，你陪着你的巴先生，替他拿起手杖，慢慢地扶他上楼，回到你们的卧房……

（《作家文摘》2014年总第1746期，摘自《青春者忆》，杨苡著，复旦大学出版社2013年11月出版）

我所知道的查良铮一家

·飞龙·

结识查夫人

上高中时，我从图书馆借到普希金的诗体小说《欧根·奥涅金》，译者查良铮。从此记住了普希金，也记住了查良铮。后来我才知道，穆旦就是查良铮的笔名。而我初见年轻诗人穆旦那张经典照时，便觉得他明眸皓齿，美得惊人！

毕业后，我被分到南开大学外文系当教师。不久得知我崇拜的查良铮先生曾在这里任教，是我的前辈。从同事汪老师那儿得知，她家对门住的是生物系老教授周与良，也就是查良铮的遗孀。

1990年，有出版社给我家寄来一张汇款单，收款人赫然写着"查良铮"。原来是地址写错了。我告诉邮递员由我签字、转交。于是，我利用这个机会拜访了周先生。

这时，查家四个孩子都已出国，只剩下她孑然一身。我将汇款单交给她，并做了简单的自我介绍。她向我道谢后，望着汇款单，感叹道："唉，人都死了十几年了，还给这个名字寄稿费！"后来，好长时间没见周先生，我向汪老师打听，得知她去美国和子女团聚了。不久，汪老师告诉我，周先生已在美国病逝。以后，每逢走到周先生的窗下，我便无比惆怅。

诗人遇到才女

查良铮1918年生于天津，在南开中学读书时便开始写诗。1935年以优异成绩同时被三所大学录取，他选择了清华大学外文系。1940年毕业于西南联大外文系，留校任助教。1942年参加远征军，入缅抗日，九死一生。1943年回国后，经历了几年不安定的生活。

这期间，查良铮常回母校清华。周珏良是他从南开到清华的同学，此时正在清华外文系任教。每次去母校，查良铮都要看望这位老同学，从而认识了珏良的妹妹与良。与良不仅活泼俊美，而且学业成绩优秀。1946年她从辅仁大学生物系毕业，考入燕京大学读研究生。查良铮对这个小自己五岁的女孩一见钟情。

1947年，查良铮和王佐良及周珏良兄妹一起去参加庚款公费留学考试。当时公费留学名额很少，大多数考生都改为自费，查良铮和周与良也是如此。查良铮本打算和周与良一起赴美留学，但在经济上他要帮助父母和妹妹，不仅要自己筹款留学，还得攒一笔安家费，只好晚一年出国。

1948年3月，周与良乘邮轮赴美，选定的学校是芝加哥大学。查良铮来送行，并给她一张相片留念，相片背面写着：

> 风暴，远路，寂寞的夜晚。
>
> 丢失，记忆，永续的时间，
>
> 所有科学不能祛除的恐惧
>
> 让我在你底怀里得到安憩。

从芝加哥到南开

送走恋人，查良铮随联合国粮农组织去了泰国曼谷工作。他每周都给周与良写一封信，讲述泰国的风土人情。

1949年8月，查良铮抵达美国，进入芝加哥大学英国文学系读硕士学位。在这里他见了几位师友——西南联大数学系最有才华的年轻教授陈省身在这里任教；西南联大物理系的两名高才生杨振宁、李政道也在这所学校，杨振宁是教员，李政道正读博士。

1949年12月23日，查良铮和周与良这对相恋多年的情侣乘火车去佛罗里达州一座小城举行了简单的婚礼。查良铮除了读英国文学方面的课程，也选修了俄国文学课程。他还一连三个学期选修俄语课，每天背俄语单词。这是门"恶补"的课，每天六小时，天天有课。三个学期上完了正常情况下三年的课程。最终，查良铮能背下整部俄语词典——当年他在从长沙迁往昆明的行军路上，也背过一本英汉词典，背过一页撕一页，抵达目的地时，那本词典快背完了，也快撕光了。

1952年2月，周与良获博士学位后，准备回国。查良铮也急于回国，所以不肯找长期的工作，便到邮局当夜班扛邮包的临时工，每天要工作到凌晨三四点，自称"这是人、肌肉与机械传送带之间的较量"。直到是年6月30日查良铮获文学硕士学位后，方开始为办理回国手续奔波。

当时美国政府不允许中国理工科毕业生回国，文科不限。查良铮为了让妻子和他一同回国，找了律师，还请周与良的导师写了证明，证明她所学专业与国防无关。可是美国移民局就是拖着不批。直到1952年年底，他们才获准回香港。

1953年1月，查良铮夫妇从香港先到广州，然后去上海。巴金的夫人萧珊是查良铮在西南联大的校友和知己，巴金夫妇宴请了他俩。受巴金夫妇的鼓励与支持，查良铮回到北京等待分配期间，夜以继日地翻译当时苏联文学理论家季摩菲耶夫所著的《文学原理》。同年5月，夫妇双双分到南开大学，查良铮任外文系副教授，周与良任生物系副教授。

查良铮工作勤奋并且很快就翻译出版了《文学原理》，以及普希金的长诗《波尔塔瓦》《青铜骑士》《高加索的俘虏》《欧根·奥涅金》《普希金抒情诗集》，还有英国诗人雪莱、济慈等的诗选。查良铮回国不到两年就取得如此突出的成绩，因而遭到某些人的妒忌。他的好友杨苡早就对萧珊说：我们要保护查良铮，不要忙着给他出书，以免招人嫉恨，引起麻烦。此话不幸被言中。

"人总要留下足迹"

查良铮非常疼爱儿女。长子小英从小爱动手，四岁就用油泥做各种动物造型，还做飞机、轮船、汽车和大炮，十岁制作矿石收音机，然后是电子管收音机、半导体。查良铮特地给他买来有关无线电的书刊。1970年小英初中毕业到内蒙古插队，父亲嘱咐他要好好学文化课，买了中学数理化自学丛书让他带到内蒙古。

粉碎"四人帮"后，查良铮很高兴，他对妻子说的第一句话是"希望又能写诗了，相信手中这支笔，还会重新恢复青春"。然而，多年遭受冲击仍心有余悸的周与良却反对他写诗。

"一个人到世界上来总要留下足迹。"这是查良铮的口头禅。妻子反对他写诗，他背着家人偷偷写。而译诗则是公开的，1965年《唐璜》初稿完成。"文革"抄家时，万幸这部译稿没被红卫兵发现扔进火里。1972年形势稍有松动，他埋头补译丢失的《唐璜》章节和注释，修改旧译。转年《唐璜》全部整理、修改和注释完成，寄往人民文学出版社。他托人打听，知道编辑认为"很好"，但需等待时机。这对他是很大的鼓舞。

查良铮译诗，是用全部心血重新创作。他说拜伦和普希金的诗若没注释，读者不容易看懂。他的每本译诗都有完整的注释。为了一个注释，他要到天津、北京各大图书馆查找资料。腿伤后，他拄着拐去校图书馆找注释。腿伤因未及时治疗，一年过去了，骨折处不仅没好，反倒有了新的裂口，必须做手术。去医院手术前，他对妻子说："我已经把我最喜爱的拜伦和普希金的诗都译完，也都整理好了。"他将一个帆布小提箱交给小女儿小平："你最小，好好保存这些译稿，也许要等你老了才可能出版。"

1977 年 2 月 24 日，查良铮住进医院。次日被家人接回洗澡、换衣准备手术。午饭后，他感到剧烈胸疼，马上送医院抢救。26 日凌晨，查良铮与世长辞，年仅五十九岁。

1981 年，《唐璜》终于出版。2018 年 4 月 5 日，南开大学为纪念查良铮（穆旦）百年诞辰，召开了以"一颗星亮在天边"为主题的诗歌翻译国际学术研讨会。南开大学还为查良铮立了雕像。雕像基座背面刻着他的诗《冬》中的几句：

> 当茫茫白雪铺下遗忘的世界，我愿意感情的激流溢于心田，来温暖人生的这严酷的冬天。

这是诗人的墓志铭，也是他一生遭遇的总结。

（《作家文摘》2019 年总第 2210 期，摘自《名人传记》2019 年第 2 期）

第二章

大时代中的故事

大时代中的故事

·罗久芳·

　　徐悲鸿身边的几位主要人物，都是我父母亲的平辈、同事和朋友，我知道一些有关他们的逸事。

　　父亲罗家伦与徐悲鸿、蒋碧微认识最早，可能是在1917年的北京大学。那时，父亲是文科新生，蒋碧微是他复旦中学国文老师蒋梅笙的女儿，徐悲鸿则受蔡元培校长之聘在校担任"画法研究会"导师，大家都是初到北京的南方人。过了几年，大家又不约而同在欧洲见面。回国以后，他们同在南京和重庆的时间较长，特别是父亲任中央大学校长期间（1932—1941），徐悲鸿一直是该校艺术系教授。全面抗战爆发前在南京，我们两个家庭住得相当近；后来在重庆的几年，住所似乎隔得较远，但两家的父母一直往来不断。徐悲鸿为我画过老鹰，为妹妹画过猫，都有亲笔上款，是父母亲在重庆时期帮我们求来的。裱成立轴后，父亲题名为《飞鹰图》与《秋庭猫趣》，是我们特别珍贵的纪念。

全面抗战前，南京中央大学艺术系高才生孙多慈在校与徐悲鸿教授的恋情，作为校长的父亲必然有所知晓。记得母亲说，孙的父亲要求校方帮忙拆散他俩。孙多慈毕业后在艺术上的成就，是父亲引以为荣的一件事。20世纪50年代初，他写的一篇《女画家孙多慈》，是为了介绍她举行画展而发表的。文章写道："多慈有画的禀赋而好学。她是从西画的素描入门的，所以控制线条极有把握。这不是一件容易的事。她对于颜色的感觉极敏锐，可是能选择，从复杂的颜色中能抓住其调和性，所以得借此不乱不俗的色调，以发挥其最高的情调……所以她的画能从人体和风景两处见长。"父亲认为她致力于国画的前途极可乐观。那年代，父亲还两次为她的画题诗，为《放鹅图》题的是："慈竹一竿廿四鹅，娇儿逸趣在清波。他年道请书千卷，换得鹅儿比这多。"（多、慈二字见头尾。）另一首《题孙多慈〈柳阴伫立图〉》："翠鬟紫袖悠娴态，别有神情寄眼波。听到今家山一面，江南村色恼人多。"2013年，台湾历史博物馆举行《回眸有情——孙多慈百年纪念展》，其中大型油画《卢沟晓月》是当年父亲委托她为一个抗日纪念日特展而画的。

父亲与张道藩先生是1925年在巴黎认识的。张道藩及其法国夫人Suzanne女士（后取名郭淑媛），回国后也成了父母亲的朋友。抗战初期我们家住在重庆歌乐山上，张氏夫妇和他们的养女丽莲住在附近，另外还有徐道邻先生和他的德籍夫人。1939年欧洲战火爆发，当时重庆没有外文报纸，也收不到国际广播，这两位远离家乡的欧洲人，心情的焦急可以想见。母亲经常进城上班、开会，有机会看到油印的英文国际新闻稿，总会带点送给这些邻居。

有个令我印象深刻的场合，便是 1946 年张道藩拜老师的典礼。那天，父亲带了我和妹妹去参加盛会，记得齐白石大师白发银须，身穿长袍马褂，坐在台上。张道藩则穿着西装，在香烛台前行三拜九叩礼。随后，张道藩非常激动地作了一番演说，我感觉到他的表现有点失常。回想起来，像张先生那样的艺术家性情，精神必然脆弱，可能当时在感情上受到重大刺激，才决定脱离尘事，回归他献身艺术的初衷。

1949 年前后，许多人的生活都发生了巨大变迁。张先生和蒋女士都去了台湾。1955 年我大学毕业从悉尼回到台北，一次假日父亲带我游阳明山，顺便拜望他的这两位老友。记得他们住在树林中的一座小型日式招待所，环境幽静。这对情侣虽年逾半百，流露出的恩爱如同初恋少年，给我留下的印象特别深刻。

张道藩与父亲同是 1897 年出生，1956 年父亲特地为他写了幅扇面拜寿，其中一面新诗是：

> 回想起我们初次相见在巴黎，三十三年已经过去，只为了有一个共同的好朋友，彼此都有印象在心里。
>
> "你难道是张道藩？""你一定是罗志希！"以后彼此吵过架，也相互赔过礼。
>
> 现在我为你的生日恭喜！
>
> 我想再过四十一年的今天，你可能忽然发了脾气，要

去和上帝讲理。

若是有多事的人要化验你，但是请你原谅我，我早已在太极图里化为灰尘了，所以不能拿着笔在旁边记。

可是我能预料这分析的报告是：若干分真性情，若干分傻脾气，若干分艺术癖，但是找不到一丝一毫官儿的味！

这首半开玩笑的诗，真挚地道出了父亲对老友的认识和感情。

又过了几年，张、蒋二人的关系发生巨变。1959年，时任"立法院长"的张道藩面临内心与外界的压力，不得不先与淑媛夫人和家人在悉尼聚首，再安排他们回台湾团圆。此后张、蒋二人的关系割裂，蒋碧微遭到感情上的剧痛，是外人无法体会到的。而张道藩的心情自然也受到深重打击，身体日渐衰退，1968年病逝。又过了十年，我看到蒋碧微去世的消息。听说事后她的儿子徐伯阳到台湾领取遗产，许多徐悲鸿早期画作已不翼而飞！

这是一个大时代中的故事，其中牵涉两性间的爱与恨、情与义、恩与怨、责任感与罪恶感，可谓错综复杂！即使有莎士比亚的手笔，恐怕也不易如实地呈现。

（《作家文摘》2014年总第1794期，摘自2014年11月27日《今晚报》）

金庸：杭城一段情

· 杜冶秋 ·

20世纪80年代初，我在上海戏剧学院的学友杨在葆赴港，金庸以《明报》社长查良镛的名义，在美丽华饭店设宴款待。他得知杨在葆与我是大学同窗好友，高兴地请他带话："那您回去后一定代为问候，我们是亲戚，不过我和他姐姐早已分手了。"

邂　逅

提起这门亲事，说来话长。抗战胜利后不久，父亲杜宗光用八根大条在杭州直通西湖的中正街上"顶"下一栋政府官员的房子，父亲因公务缠身，先让姐姐陪母亲去那里居住，1947年的8月，我也去西湖度暑假。

当年偌大个杭州城，叫得响的就那么一份《东南日报》，枯燥乏味，唯有其中"咪咪博士答客问"像万宝全书，有问必答，且文字精妙，逗人开怀，是人人都要抢着看的。这"咪咪博士"正是金庸。

一天，栏目里众多答问有下面一则："购买鸭子需要什么特征才会好吃？"

咪咪博士回答说："一定要颈部坚挺结实，可示鲜活，毛羽丰盛浓密，必定肥瘦均匀。"

我看后不以为然，信手写了张便条寄去："你说鸭子的羽毛一定要丰盛浓密才好吃，那么请问，南京板鸭一根毛都没有，怎么那么好吃？"

过了几天，突然收到咪咪博士的亲笔来信："……你一定是个非常有趣的孩子，很想和你见面交谈交谈。"

我瞒着家里给他回了句话："天天有空，欢迎光临。"

咪咪博士回复："……决定礼拜天上门造访。"

此时行将开学，父亲正匆匆归来准备接我回上海，得知此事火冒三丈。他虽喜爱广交朋友，但对报馆的人退避三舍。礼拜天下午，咪咪博士刚一落座，父亲便开始检讨小孩子不懂事，胡乱写信等。查哥连忙说道："没关系，没关系，冶秋提的问题很有意思，很幽默的。"

这时，姐姐冶芬很有礼貌地端上一杯浓茶，娇小玲珑清秀文雅的她是非常迷人的。感情上的事，往往就这么简单。次日，查哥便再次登门，送上一叠戏票，约我们全家去观赏郭沫若名剧《孔雀胆》。

那天看戏，一家人全部出席，幕间，查哥不断从身后将可口可乐传送过来，这可是战后最为时髦的饮料了。其实，全家人只有我在津津有味地看戏，看得入神，他们也不过是去应酬一下凑个热闹罢了，但此举无疑拉近了相互间的情谊。

成　婚

为完成初中的学业，我只得随父亲返回上海。时隔不久，查哥竟然也来了，原来他在数千名竞争者中崭露头角，考入了上海《大公报》。小别重逢，格外亲密。这时，他和姐姐杜冶芬已经相恋。据说 1948 年 3 月《大公报》要派查哥到香港工作，他不是很乐意，曾写信到杭州征求姐姐的意见，她的答复是短期可以，时间长了不行。后来报馆高层同意他的要求：只去半年。

1948 年秋天，查哥忽然从香港回来，向父亲提出要和姐姐结婚的事，家里人都感到十分唐突，因姐姐尚未满十八岁，孝顺能干，是父母的掌上明珠，如此宝贝的女儿，要远嫁他乡说走就走，怎么舍得？再说对方才学虽令全家钦佩，但一直是以友人相待的。可他俩主意已定，父母最终只好依从。这年 10 月他们在国际饭店举行了盛大的婚礼，遗憾查家无一人参加，原来查府在海宁乡下，得知婚礼将按教会仪式进行，只好托词不来了。查哥自然要接受众多别样的目光，但他始终面带微笑，不卑不亢。一个二十来岁的外乡人，在这等场合便具有如此沉稳的心理承受力，难怪会干出一番大事。

婚后查哥去办前往香港的手续，查哥的父亲查树勋来接姐姐去海宁观光，也邀我和长兄同往。船到袁花镇，老远便看到查氏宗族的深宅大院。史学家陶菊隐老先生生前曾对我讲，早先查家某房的长女，就下嫁给与蔡锷齐名的军事将领蒋方震（蒋百里），大科学家钱学森后又成了蒋家的翁婿。他们和海宁相国陈阁老的后裔陈家，同属那一带的望族。不过，到了20世纪40年代末期，查家也似乎远不如前，查伯伯手执扁担挑柴锄地样样做，那些天他整日为我们料理生活，请他别太客气，老人嘴里就不停地唠叨："应该的，应该的，良镛结婚真麻烦你们家了！"真是一位谦和质朴的长者，令我深怀敬意。

印　痕

不久后，查哥和姐姐乘船去了香港。

1950年年初，姐姐突然回来了，并说查哥可能调回内地工作。大家都格外欣喜。不多时，查哥也来了，后来知道他是去京求职未果，败兴归来顺便接姐姐回香港的。但此时姐姐已不愿回港，她在香港那边既找不到合适的工作，也不适应查哥的生活规律。她又不会说粤语，不愿一个人出去，生性活泼幽默的她自然寂寞难耐。但经父亲再三规劝，她依然顺从查哥的意愿同回香港。

几个月后，姐姐来信说，查哥写了大量影评文章，心情很好。还为此取了个"林欢"的笔名，"林"是因查杜二字的部首均为木，从而移花接木为之林字，"欢"自然是指他们当时幸福快乐的生活。现在有些传媒添油加醋，把他们后来的分手，硬扯到姐姐阻碍丈夫北上求职。姐姐的青年时代，纯净慧敏，至少给查哥的生活和文思，留下美好的瞬间。事后，查哥曾对父亲说："是我没有照顾好她！"应该是真诚的。

数月后，姐姐真的回来了，而且再没回香港。直到 1953 年年初，查哥才到上海和姐姐办了离婚手续。

一晃到了 20 世纪 60 年代初，大陆物资供应极端匮乏，他主动寄来猪油等食品。谁知在那史无前例的日子里，姐姐竟因这桩"海外关系"受到残酷的打击和折磨，我们的家庭也遭连累。

1981 年查哥首次回大陆，受邓小平接见，可谓衣锦还乡，风光无限！途经杭州时兴致勃勃托熟人去母亲处，表达要见见家人的意愿。可叹老家楼下正在大修，不便待客。而且实在是"十年浩劫"的阴影太深，母亲心有余悸，最后决定改去兄嫂家聚首。

1985 年，我家收到一纸汇单，去银行取款时，方知是查哥寄来的。为此，我一直认为他秉承了当年的诺言："我们还是朋友！"不想前几年，在网上风传金庸在香港回归前后对记者说的那些话："我的第一位太太 Betrayed（背叛）我，第二位太太是我 Betrayed 她，第三位太太……"如何如何。我看了实在不以为然，我只知道，当年他们是相爱结婚，他们离婚的主要原因，恐怕还是爱尚且存在不足吧。但我要说句公平话，查哥没有亏待过我们，但他未必知道我们家人为他承担过多大的惊吓。而今大家都是年逾耄耋之人，还是友情为重吧！

（《作家文摘》2014 年总第 1784 期，摘自《档案春秋》2014 年第 10 期）

与父亲汤一介相处的点滴

· 汤双 ·

父亲永远地离开了。悲痛之余却也有一丝庆幸——他走得还算没有太大的痛苦。家里人都知道他是一个不愿失去尊严的人，而且从来就非常怕疼。他不止一次地说过希望能像周一良先生那样，在睡梦中离去。一直以来，我十分担心的一件事就是他最后的日子会像有些类似的病人那样，身上插着各种管子，靠杜冷丁度日。

在父亲的大多数同事和学生眼里，他可能是个比较严肃的人。但在我眼里，他其实是个颇有些浪漫情怀的人，也是一个崇尚自由、平等的人。在我们这个家里完全没有"父父子子"那一套，他也没有多少"权威"。多年以来，我姐姐和我与父母之间一直是没大没小的，"人人平等"在家庭内部基本上得到了实现。

打桥牌是我们全家住在中关园 280 号时（"文革"期间）

的重要活动。刚开始我的水平最低，是父亲和我搭档与母亲和姐姐对阵。之后技术见长，就成了姐姐和我与父母对阵。再后来，父母一方基本上是屡战屡败，不过他们不以为意，每次都还在记分本上由父亲与姐姐代表双方签字，以防日后有人"不认账"。那段时期，家里没什么钱，市场上也买不到什么好东西。在打桥牌时，如果有一块从中关村茶点部买来的松花蛋糕，已经算是高规格的享受了。偶尔搞到一罐咖啡，简直如获至宝。尽管当时外部的政治压力很大，在我们这个"家庭堡垒"内部仍然还是充满温馨与"小资"情调。

1979 年暑假，父母有机会参加北大组织的北戴河度假旅游，我和我夫人张涿（那时还是女朋友）想随他们一起去玩。那年月，女孩儿随男朋友出去旅游是很难被家长批准的，张涿都不知该如何跟家里去说。为此父亲认认真真地给她的父母写了一张字条，告知是与他们一同前往，不会出任何问题。我们于是才得以顺利成行。在北戴河，有一个夜晚，我们四人带了一台在当时还属于稀有物品的收音机，坐在海边的礁石上，一边看月亮，一边听小夜曲。明月、涛声、小夜曲，此情此景现在回忆起来似乎仍然如梦如幻。

我在上中学的时候，曾随秦元勋先生学习相对论。有一次在家里与父亲聊起相对论的基本原理，正想好好卖弄一番，不料他却坚决不肯接受"光速不变原理"，他以哲学家的思维方式，认为宇宙间不应该存在一个不可超越的极限速度。我自认真理在手，与他反复辩论多时，却始终无法"取胜"。通过与他的辩论，我得到一个很大的收获：不论一个理论多么权威，我们仍然可以对它的基本原理问一个为什么。

美国俄勒冈州的克瓦利斯，是个只有四万多人口的小镇。我在那儿的俄勒冈州立大学做过两年的博士后。父亲曾与我们一起在小镇上住过三个多月。晚饭后，父亲总会带着小汤出去散步，走到一个名叫 7-11 的小店，让小汤玩上一会儿里面的简单的电子游戏机，若能赢得一小块糖，祖孙俩便十分高兴。周末，我们有时会去海边捞螃蟹，或开上一两小时的车，到一个由火山口形成的小湖去划船。他后来多次说，那段时间是他一生中最悠闲也最喜爱的日子。

最近我时常会想：当年他在散步的路上，和五岁的小汤都会谈些什么呢？问小汤，他已全然不记得了。我自己倒是记得在我五六岁的时候，父亲常给我讲庄子里的故事。印象最深的就是"材与不材之间"和"子非鱼，安知鱼之乐"。今天，反观父亲的一生，我忽然觉得他虽以儒家的道德自律，心向往之的也许却是《逍遥游》里那种"乘云气，御飞龙，而游乎四海之外"的生活。

庄子云："人之生，气之聚也。聚则为生，散则为死。"气散无法再聚，时间也不可能倒流，但记忆可以常存。与父亲相处的点点滴滴，将会伴随我的一生。

（《作家文摘》2014 年总第 1785 期，摘自 2014 年 10 月 21 日《文汇报》）

往事偶记

·陈岱孙·

金岳霖幸而躲过轰炸

我和金岳霖先生论交始于 1927 年。金先生于 1914 年毕业于清华学堂，比我高六班。但我们在清华只是先后的同学。我于 1918 年考入清华高等科三年级时，金先生已经出国四年了。金先生于 1923 年学成回国，1926 年来清华任教。而我则于 1927 年回国来清华工作。

我来清华工作后，长期和叶企孙先生同住清华北院七号住宅。我们纠集几位单身教员和一两位家住城内的同事，在我们住宅组织一个饭团。金先生是饭团最早成员之一。在校之日他住在工字厅宿舍，都在我们这个饭团就餐。我们就是这样开始了我们在清华、西南联合大学和北大三段时间二十八年的同事关系和亲密的友谊。

金先生专治逻辑学。我对于逻辑学是外行，因此，对于他的学术造诣无置喙的余地。我怀念的是他的忠实为人和处世。

金先生给人的第一个印象是不修边幅，随遇而安。他的两眼视力不好，怕光，所以无论是白天黑夜，他都戴上一个绿塑料的眼遮。加以一头蓬乱的头发，和经常穿着的一身阴丹士林蓝布大褂，他确实像一个学校的教师。但他实际上是一位极讲严谨工作、一丝不苟的学者。他有一个数十年如一日的生活习惯，即划出每日的上午为他的治学的工作时间。只要环境条件允许，在这工作时间内，他严格地闭门谢客，集中精力研读与作。

他当年住在城里，每星期来校上课三天的日子里，他得一早从城里赶车来清华园。于是他实际上每星期只有四个上午可供自己治学使用，从而更珍惜这四个上午的时间，更严格地遵守他所自立的上午例不见客和干其他事务的规矩。他的朋友们都知道他这一习惯，绝不在这些日子的上午去走访他，以免吃闭门羹。

抗战时期，他把这一习惯带到了昆明。这个习惯有一次几乎为他带来了不幸。当时昆明多数专科学校因避免空袭干扰，都已于是年春间陆续疏散下乡开学。西南联大得以借赁这些学校的校舍暂供理学院春季始业作教室和宿舍之用，并以之暂供安顿从蒙自搬来的师生居住之用。金先生被安顿在昆明城西北城乡区的昆华师范学校，我则被安顿在昆华师范学校北面二三百米外昆华农业学校。1938 年 9 月 28 日，昆明受到敌人飞机在云南的第一次空袭。这次空袭被炸的地区恰是昆师所在的西北城乡区。空袭警报发出后，住在这三个楼的师生都按学校此前已做出的规定，立即出校，向北城外荒山上散开躲避。金先生住在中楼，当时还正在进行他的例行工作，没想到昆师正处在这次轰炸的中心，中了好几枚炸弹。联大所借赁的三座楼中，南北两楼各直接中弹。中楼没中弹，但前后两楼被炸的声浪把金岳霖从思考中炸醒，出楼门才见到四周的炸余惨景。用他后来告诉我们的话，他木然不知所措。

空袭时，我躲避在农校旁边的山坡上，看到了这次空袭的全过程。敌机一离开顶空，我和李继侗、陈福田两位教授急忙奔赴昆师，看到遍地炸余，见到金先生和另两位没走避的联大同事。金先生还站在中楼的门口，手上还拿着他没放下的笔。

后来，我们收拾余烬和另十来个同样无家可归的同人一起，迁往清华航空研究所租而未用的北门街唐家花园中的一座戏台，分据包厢，稍有修整，以为卧室。台下的池座，便成为我们的客厅和饭厅。金先生和朱自清先生、李继侗先生、陈福田先生及我五个人合住在正对戏台的楼上正中的大包厢。幸运的是，我们在这戏台宿舍里住了五六年，直至日本投降，联大结束，不再受丧家之苦。

在这一长时期中，金先生又恢复了他的旧习惯，除上课外，每日上午仍然是他的雷打不动的研读写作时间，但他答应遇有空袭警报，他一定同我们一起"跑警报"。我们也照顾他这一习惯，在这大包厢最清静的一角落，划出一块可以容纳他的小床和一小书桌的地方，作为他的"领地"，尽量不去侵乱干扰。

他的力作《论道》一书就是在这环境下写出来的。

在抗战前，金先生一直住在北京城里。其中有六七年他住在东城北总布胡同一小院里。这座房子有前后两院，前院住的是梁思成先生和林徽因夫人一家，金先生住的是后院。他经常于星期日下午约请朋友来他家茶叙。久而久之，就成为一习惯。常客中当然以学界中人为最多。但也不排除学生们。记得一两次，我就遇见了一些燕京大学的女学生，其中有一位就是现在经常来华访问的华裔作家韩素音女士。学界中也还有外籍的学人。我就有一次在他家星期日聚会上遇见 20 世纪 30 年代美国哈佛大学校长坎南博士。他是由他的女儿慰梅和女婿费正清介绍的。有一次，我在他的茶会遇见几位当时戏剧界的正在绽蕾的青年演员。另一次，我又遇见几个玩斗蟋蟀的老头儿。人物的广泛性是这茶会的特点。

抗战爆发后，后方的颠沛流离生活不允许有这种闲情逸致。抗战胜利后，金先生不再离群索居住在城内，而搬来郊外校内宿舍居住，这一已是多年不继续的习惯，更是提不起来了。我不知道金先生是否会引为憾事，但我相信这些过去曾为其常客、稀客、生客的，倒会感到若有所失的。

周培源骑马去上课

周培源先生和我六十多年的深交，开始于他从美国学成归国、到清华大学物理学系任教的 1929 年。

1931 年"九一八事变"和随之而来的帝国主义侵略面貌的暴露引发了校内同仇敌忾的气氛，同学们纷纷热诚地参加军事训练。不知道是否多少也受这一气氛的影响，在教师中，我们成立一个步枪射击班、一个马术班。我参加了这两个班。培源先生只参加射击班。他说，他在家乡时，已学得土法骑马术，不必再加以西化了。

几个月后，这两个班都结束了。但在其基础上，却派生出两个组织：一个是清华骑马会，一个是与协和医学院工作人员合组的北京猎人会。培源先生参加了猎人会；我则两会都参加了。记得只有一年冬天，他和我及清华大学王文显老师、陈福田先生和四至五位协和医院的大夫结伴去山西打猎。到驻地后，每两个人结为一组，由一位向导带路，一早带干粮入山寻找猎物，在天黑前赶回驻地。如此者四至五天。培源先生和我结为一组，我发现他的定向本领特强。在山中转来转去，我有时转糊涂了，而他仍然老马识途地认得归路。在这几天内，他打到了一只野猪，我打到了一只鹿。这是我们唯一的一次结伴行猎，但是一个人的性格经常在这种处境中表露出来。

培源先生教的是物理学，我教的是经济学。虽然一起吃了几年饭，熟了，但隔行如隔山，我只知道他教的是理论物理学，而主要从事于爱因斯坦的相对论、引力论与宇宙论的基础理论的研究。对于他研究的内容，我当然是一无所知。但从叶企孙先生对于他的器重，和听到同学们对于他教学的反映，我至少知道他是一位饱学之士、出色的教师。

在西南联大成立一学期之后，日机便开始空袭昆明。日机空袭日益频繁，联大有眷属的同人都纷纷搬往昆明郊区居住。一般教师的郊区住处离校本部少则七至八里，多则十几里；城乡间只有小路且无交通设施，只可安步当车，一日往返。而龙王庙离城太远了，因此，在搬往龙王庙后的头两年，培源先生养了一匹马代步。每逢上课之日，他一清早骑马进城上课，下午再骑马回家。但两年之后，昆明物价腾贵，他买不起饲马的草料，只好将马卖掉，买一辆自行车，仍然在上课之日风雨无阻地一清早进城，上完课后下午回乡，从不缺课。

　　这一时期，培源先生是在十分艰苦的条件下，坚持他的科研工作的。抗战前，他在清华所从事的关于爱因斯坦引力论与宇宙论的基础理论研究，由于战争中颠沛流离生活的干扰而中断。到了昆明之后，他改而从事流体力学中湍流理论的研究。龙王庙村的小楼不受日机空袭的干扰，为他提供了条件。除了固定日期进城上课外，他整天关在小楼工作。我们和他达成一谅解，即便我们来到他的住处，名为做客，我们可以自行游玩、休息，完全不要他下楼操心。他于是就以锲而不舍的精神坚持他的研究工作。他在 1940 年发表的关于湍流理论的第一篇论文就是在这样的环境中写出来的。

　　（《作家文摘》2016 年总第 1965 期，摘自《往事偶记》，陈岱孙著，商务印书馆出版 2016 年 5 月出版）

细节中的赵清阁

·沈扬·

"红楼"情结

好多年前写过赵清阁，而今再写，一些饶有情味的细节又涌现脑际，例如这位才女作家曾在落雪天采雪存储，然后晴日用雪水煮茶，于窗前品茗细描梅雪图，神同妙玉；又如她写怀念好友陆小曼的文章，特地从衣箱里翻出当年小曼送给她的毛线白背心，穿在身上……

还记得1994年的一日，我去吴兴路清阁寓所看望，茶叙中，引出了雪水茶这件事，清阁带笑回答"那是偶尔的事情"，接着一句是："我哪有妙玉那样的好情致！"我相信"雪茶绘画"的故事是一位性情文人的偶然所为，但也相信红楼对赵清阁的影响不是偶然的——她有不一般的"红楼"情结。

战乱时期在重庆，清阁曾与老舍先生合作完成三部话剧剧本（《虎啸》《桃李春风》《万世师表》），之后投入"红楼"世界。清阁曾经打算把《红楼梦》改编成系列话剧，后来由于身体多病以及政治风浪的冲击，宏愿未遂，但还是写出部分剧本，20世纪40年代出版《红楼梦》话剧剧本四部，建国之后陆续改编了《冷月诗魂》《晴雯赞》等剧作，四十余年总共出版剧本二十部。开放年代后，创作环境改善，赵清阁的身体状况却每况愈下。她对我说，这个雄心勃勃的创作计划不能实现，是此生最大的一个遗憾。

模特儿的矜持

赵清阁在绘画方面也有良好的功底和不俗的表现力。

1995年秋季，清阁寄我一篇散文，题目是《模特儿的矜持》，记述她于1936年在上海美专念书时发生的真实一幕：上写生课的时候，面前出现一位妙龄裸女，在同学们描摹的过程中，突然有人发出一声喝叫："丑娘儿，你坏了我的画，你赔！"原来是室温偏低，姑娘因寒冷而动了一下胳膊，惹恼了一位阔少学生，在粗声责骂的同时，还把手中的馒头屑扔向模特儿。此时在一片"啧啧"声（责备阔少）中，姑娘"霍地转过脸，两眼矜持地看骂人者，一绺额角的刘海儿飞扬上去，真像是怒发冲冠一般"。赵清阁抓住这一刹那，疾笔速写了模特的头部，而后经过一番劳作，一幅性格柔中显刚、勇敢捍卫女性尊严的模特儿画像完成了……

晚年清阁难提画笔，但仍然珍惜旧爱，有几个年头，她选出往年旧作，托人在香港精制成贺年卡，赠送友人。笔者有幸于 1993 年岁末获得赵氏贺卡《泛雪访梅图》，珍存至今。

雪里梅花邓颖超

赵清阁与众多的现当代文艺家有很好的交往，这些人陆续故去，而寄托、释放心中的思念，唯有笔下的文字了。她曾写过邓颖超，一些细节也意味深长。在文章里以及与笔者的叙谈中，清阁先生都说到邓大姐和她本人都喜欢梅花，在好多年里，每到岁末之时，她都会得到邓颖超大姐赠送的两枝梅花。接下来的"画面"是：清阁捧着梅花，插进花瓶里，自此每天清晨起来，第一件事便是打开窗户，让瓶中爱物呼吸新鲜空气，然后在花前坐下，细细品看，心底里觉得这就是在同花的主人促膝交谈。

写于 1993 年 12 月的这篇文章题为《雪里梅花》。她在给我的信中说："……接触中，我并没把她当作政治家，她热爱文艺，所以关心爱护文艺工作者。周总理也是如此。"我明白《雪里梅花》这个题目是清阁最为属意的选择，因为在她心目中，邓颖超就是那晶莹透亮的雪，高尚圣洁的梅。

与鲁迅先生见面叙谈

一次谈话中，我提起1934年清阁与鲁迅先生见面叙谈这件事——当时二十岁的她是上海美专学生，同时为天一电影公司写宣传稿。在内山书店的一个"情节"是：谈话开始不久，鲁迅家里来了客人，许广平前来叫他回去，鲁迅离开时要广平坐下来继续同她聊，从此认识许先生。（鲁迅逝世后，她与广平有着长期的亲密情谊。）清阁说她年轻时有一股"牛犊"劲儿，为了得到大作家的指教，寄了几篇习作给鲁迅，过了几天收到先生约她见面的短信，真的激动万分。她说那次晤面的时间很短暂，但先生关于散文写作的教诲，一直铭记于心。鲁迅说话的要点是：写散文要富诗意，作新诗对写散文有帮助。然而更重要的是，诗与散文都应言志，不可空洞无物。清阁说鲁迅的指点是受用一生的。

（《作家文摘》2016年总第1923期，摘自2016年3月27日《解放日报》）

诗人徐迟跳楼之谜

·张守仁·

首聚北京畅谈写作

1977 年 12 月 28 日至 31 日，由《人民文学》主编张光年主持，在北京东直门海运仓总参招待所，召开了一次有一百多位名作家参加的文学工作者座谈会。

12 月 30 日那天，在周扬作了长篇发言之后，一个身穿黑色中山装的人，站起来绕过坐在前排的我，健步登上讲台。他前额宽阔，头顶稍秃，一副浓眉下，眼睛炯炯有神。这就是我心仪已久、二十二岁就出了第一本诗集《二十岁人》的诗人徐迟。他兴奋地述说着数月来涉足于自然科学领域的深切感受。诗人激情洋溢的发言，博得与会者热烈掌声。

两周之后，1978 年第一期《人民文学》出版，《哥德巴赫猜想》与广大读者见面。紧接着《人民日报》于 1978 年 2 月 17 日全文转载。整个文坛、整个读书界立刻沸腾起来了。

其时，徐迟已接受国务院副总理兼中国科学院院长方毅的委托，和责编周明一起，深入云南西双版纳亚热带密林采访植物学家蔡希陶的重大贡献去了。除夕前后，他们钻进偏僻蛮荒的原始森林里埋头苦干。他们不知道《哥德巴赫猜想》已引起全国性轰动，诗人点起的这支数学火把，已照得中华大地一片亮堂，人人读《猜想》之文，家家议景润之事，盛况空前。

徐迟采访完毕，写出了《生命之树常绿》，慎重送给当地领导审阅，然后和周明一起，携稿回京。回到北京，听到一片赞扬之声，徐迟反而感到羞涩、不自在，连忙躲进北大燕南园采访物理学家周培源去了。

为了向即将召开的全国科学大会献礼，徐迟继《生命之树常绿》后，又赶写了《在湍流的漩涡中》等力作。于是，他成了新时期报告文学的开拓者、领跑者。

重聚武汉东湖之滨

1981 年 11 月 30 日，我和《十月》杂志的诗歌编辑晏明同赴武汉，先去武汉军区大院暗中安慰正在挨批的《苦恋》作者白桦，下午到武昌东湖之滨拜访徐迟。

早在 1959 年，晏明就在北京出版社编辑、出版过徐迟的评论集《诗与生活》，故他俩是亲密的文友。徐迟本质上是诗人。除《二十岁人》外，还出版过诗集《战争·和平·进步》《美丽·神奇·丰富》《共和国的歌》，20世纪50年代中期还担任过《诗刊》副主编。故两位诗友谈起诗歌、诗人来，如数家珍，十分熟悉。

徐迟说："论诗，徐志摩第一，戴望舒第二，卞之琳第三，艾青第四。"

我插言道："艾青排第四，评价是否低了？"

徐迟认为，排名第四，也是"五四"以来的杰出诗人。他站起来，从书架上抽出一本刚出不久的《九叶集》，说："20世纪40年代写的、如此精美的诗，如今辛笛、郑敏、陈敬容、袁可嘉等人，恐怕写不出来了。今天只能依靠舒婷、北岛、顾城等新一辈年轻人了。"他喝了口茶，对晏明说："今年是叶圣陶文学研究会办的老《诗刊》六十周年、解放后的新《诗刊》二十五周年，现任《诗刊》主编严辰约我写了一篇纪念文章。我今年六十七岁，是1933年十九岁那年开始写诗的，最初的诗发表在《现代》杂志上。那时我是一个现代派。从风格上来说，受到了欧美现代派诗歌的影响，比较晦涩难懂，后来我写了散文、报告文学，就比较明朗了。"

我问他："您最初发表的诗歌，署的就是'徐迟'这个名字吗？"

他微笑道："不是的。我原名徐商寿。处女作没有用'徐迟'这个名字。我上面还有三个姐姐，我是老四。父母叫我'迟宝'。发表了几年作品，我才用'徐迟'这个笔名，原意是叫自己生活得慢一点，不要老是快节奏、性急、匆忙。不过，我这辈子也慢不下来。"

是的，徐迟的生活节奏是很迅捷的。祖国东西南北，到处都留下了诗人的身影。

再聚深圳创作之家

1992年3月5日，我和爱人从广州乘火车至深圳，叫了一辆出租车，把我们送到西丽湖畔、麒麟山下中华文学基金会创办的度假村。到办事组报到时得悉同来度假的还有徐迟、王元化、束沛德等十多人。

第二天清晨，我到花园里晨练，巧遇曾任上海市委宣传部部长的王元化先生。在林鸟声中、玫瑰香里，徐迟走到我们的身边，跟我们一起谈论文学翻译。他曾译过莫德的《托尔斯泰传》、荷马的《伊里亚特》、梭罗的《瓦尔登湖》、爱伦堡的《巴黎的陷落》、司汤达的《巴尔玛修道院》，以及《雪莱诗选》，对翻译之道有独到的见解。他说，翻译的标准是"信达雅"，既然是文学翻译，首先要有文学性。他和钱锺书一样，推崇林琴南的译文。接着王元化、徐迟和我三人议论、比较起梁实秋、朱生豪、曹未风、方平、孙大雨、屠岸等近二十位翻译莎士比亚作品的人中，谁的译文最佳。戴着深度近视眼镜的王元化先生说："我觉得朱生豪的译文最好。古典诗词他烂熟于心，故笔下文字融会贯通，朗朗上口，很传神。如果你叫他按原文照实译出，就不流畅了，风格就没有了。"

我研读过朱生豪译的许多剧本，表示同意。

徐迟说："复旦大学的孙大雨教授，很博学，我对他很佩服。我主持《诗刊》时，发表过他译的英国诗人约翰·弥尔顿的诗，质量高，音韵好，故我付给他最高的稿费。"

眼镜片上照着晨阳光辉的王元化说："孙大雨是个怪人，精力充沛，可以通宵不睡地写作。"

徐迟走向早餐的饭厅，说："和翻译相比，我喜欢创作，创作自由。我总是对自己的译文不满意……"

1992年3月11日上午，在此度假、休养的作家们排列在"创作之家"门前的草坪上合影留念。徐迟那年已七十八岁，众人之中年纪最大，可他抢先在前排蹲了下来。他笑容可掬，像孩子般天真可爱。

拍完照，我请徐迟到我房间喝咖啡聊天，他欣然前往。坐进沙发之后，他随手翻开茶几上摆放的、我正在看的《汪曾祺自选集》，读到第一首短诗《彩旗》——"当风的彩旗，像一片被缚住的波浪"，他脸色立即沉下来，用书遮住眼睛，沉默不语。我问他："您为什么沉默不语？"他自责道："这首短诗是我当《诗刊》副主编时签发的。可能我害了他。曾祺大概因为这两句短诗在'反右'中吃了苦头，被发配到张家口外住羊圈掏大粪去了。唉，人啊，人啊，人的生活往往由无数偶然因素造成。"

我谈到了1991年春天和汪曾祺去云南采风、同住一室深夜长谈的情景，于是我们又提起了云南那片神奇、多彩的土地。徐迟说起了植物学家蔡希陶对云南经济的巨大贡献。徐老告诉我："因为我爱蔡希陶，故能把作品写好。冯牧得悉我要去云南采访，慷慨拿出关于云南的全部日记让我参考。我·看冯牧用小字写的云南日记，精彩至极，建议他发表，他坚决拒绝。冯牧的日记绝对是第一流的散文。"

接着谈到了文学与科学。他认为，搞文学，最可怕的是落入俗套。一入套子，就陈旧了，像工艺品那样，失去了灵气，只剩下匠气。他说："因此，我总是追随着科技潮流向前走，跟着前进，这样才能学到一点新东西，获得一点新思想，才能不断创新，不至于只能写些浅表的东西。我每天清晨两点，一醒来就钻研深奥的科学，钻研理论物理学，即使有些地方看不懂，兴趣也很大。我现在急着想回去，因为武汉家里收到一本友人寄来的英文版的《目的地火星》。我迫不及待地想得到它。家里人问我，要不要寄到深圳来。我说，不要寄，我怕弄丢。科学家如果懂文学，文学家如果懂科学，他们就能用美丽、形象的文字把科学通俗化，让广大人民看得懂……"

那天，他和我一直畅谈到午餐时分，才兴致未尽地、恋恋不舍地分手。我望着徐迟老人头顶已秃、头发花白、上身微驼的背影，心想他就是一位懂得科学、热爱科学、拥抱科学的文学家。

揭开诗人跳楼之谜

1996年12月14日下午，我乘出租车到西郊宾馆参加中国作协第五次代表大会。报到后突然听到一个爆炸性消息：徐迟已于12月12日深夜12时跳楼自尽！

众代表惊骇至极，困惑莫解。各个房间都在议论着这件事。种种说法，莫衷一是。

17日那天，吃完中饭，路上遇到湖北团的老诗人曾卓。曾老和徐迟是多年老友，便向他探问。他说，徐迟一生追求真善美，看不惯社会上的假恶丑，便过着与世隔绝的生活，不看刊物，不看书，不读报，不看电视，不接电话，不听音乐，不玩电脑，不会客，不出门。他关在家里只研究《宪法》，拿着宪法反复阅读，认为《宪法》是最深的哲学，最美的文学，最公平、正义的根本大法。曾老的话，仍不能解我心中的疑团。

由于徐迟的为人为文，是当代作家中我最敬仰的对象之一，故作代会之后，我一直设法揭开这个死亡之谜。经过向他亲密助手、得意门生、友好邻居、交心诗友、责任编辑长期打探、详细询问，终于梳理出一条清晰的脉络，才弄明白他如此谢幕、如此离世，主要是因为他精神上的极端痛苦。

那时，他主编过的严肃文学杂志《长江文艺》滞销，订数一再下降，只剩不到一万份；而一些通俗刊物却发行一百万、二百万甚至二百万份以上。两者销量如此悬殊，他想不通。那时书商疯狂盗版刊印畅销书，赚了大钱，过着土豪似的生活，而他这个辛勤写书的人，只能住在冰窖似的卧室内，冻得彻夜难眠（湖北作协领导关心他，在他书房内安装了取暖设备）。他想不通的是：为什么有关部门不采取强有力措施保护知识产权，为什么放任不法书商们明目张胆的盗窃行为？科学家们默默无闻地做出巨大贡献，但为什么研究卫星、研究导弹的，其生活还不如街道上卖茶叶蛋、卖鸽子蛋的，对此他想不通。演戏、演电影、唱歌的人，其片酬、出场费高得惊人，而写剧本的、作曲的、写歌词的稿酬很低，这种本末倒置的现象，他实在想不通。20世纪90年代以米，假药、假酒、假烟、假油、假奶、假肉（注水肉）、假鱼（名真实假）、假米（米中掺沙）等假货充斥市场。食品掺假是人命关天的事啊！他想不通世风为何如此颓败，道德为何如此沦丧。

徐迟是个对《宪法》有深入研究的人，可是生活中经常发生违宪违法、权大于法的事例，对此他百思不得其解。

徐迟是个有尊严、有追求的理想主义者，容不得丑恶泛滥。面对如此无奈的环境，岂能随波逐流、苟且偷生？！他不由得想起了巴尔扎克的小说《幻灭》。他与这部小说的作者和主人公一样，感到了理想的破灭。他想起了他译述《托尔斯泰传》中托翁最后的结局，以八十二岁（1828—1910）的高龄在寒冬里独自出走的情景。他想步这个大师的后尘，也在八十二岁（1914—1996）冬天出走。

时间终于挨到了他选定的1996年12月12日深夜12时。他悄悄从病床上坐起来，悄悄走出阳台门，悄悄推开窗子，向外纵身飞跃……

是他一连串的想不通，促成了诗人之死，酿造了这一震惊文坛的悲剧。

岁月流逝。徐迟毅然离开我们整整二十年了。为了铭记这位心灵像冰雪一样纯净的诗人，笔者在耄耋之年特撰写了此文。

（《作家文摘》2017年总第2001期，摘自《星火》2017年第1期）

梁漱溟和他的亲友们

· 梁钦宁口述，于洋等整理 ·

我的祖父梁漱溟于1893年农历九月初九出生于北京安福胡同，祖父原名梁焕鼎，家有长兄名为梁焕鼐，下面还有两位妹妹。曾祖母是大理白族张氏，曾祖父名叫梁济，是清朝的内阁中书。祖父的祖父是山西永宁的知州，祖父的曾祖父也做过知县。因此，说祖父出生在官宦世家一点也不为过。

执教北大

祖父在上小学之前，梁济请了一位家庭教师开办私塾，指定教师教他《千字文》《百家姓》《地球韵言》等，并没有让他去读经。祖父虽然被尊为"中国最后一个儒家"、国学大师，但他幼年所接受的教育都是非常新式的，直到二十岁才通读《论语》。

小学毕业后，祖父被送到北京的第一家新式中学——顺天中学堂，跟张申府、汤用彤成为同学。在新式思想的影响下，祖父十四岁时就开始思考人生问题以及中国的社会问题。祖父上中学的最后一年，班里来了一位名叫甄元熙的插班生，两人成为好朋友。祖父受父辈的影响偏向支持君主立宪制，而甄元熙作为一名革命党人则赞成共和制。而后祖父深受甄元熙影响转而赞成共和制，并在其介绍下加入了同盟会，开展秘密革命。

有传闻说祖父投考大学未果后，因得到蔡元培先生的赏识而执教北大，这是错误的。祖父中学毕业后并没有投考任何一所大学，而是跟着甄元熙到同盟会京津支部的民国报社工作。甄元熙任社长，孙炳文任总编辑，祖父任记者兼编辑。做记者需要用笔名，有一天祖父请孙炳文题写扇面，孙先生为他起了"漱溟"两个字做笔名。

1913年，报社进行了整改，祖父与孙炳文、甄元熙都离开了。1916年，祖父的表舅张耀曾出任段祺瑞内阁司法部总长，祖父受他邀请担任机要秘书，然后结识了教育总长蔡元培曾经的副手范源濂。

1917年1月4日晚，祖父经范引荐登门拜访蔡元培。寒暄过后，祖父拿出自己的旧作《究元决疑论》，想向他请教。没想到，蔡元培说："此文我已经在上海看过，写得很好。哲学是一门很重要的学科，我想请你出任北大的印度哲学讲师。"祖父一愣，他并没有求职的想法，所以回答说一是现在有工作，二是自己是中学学历，没有任何的教学经验，恐怕不太适合。蔡元培说："我现在寻不到他人，你来北大可以不把自己当作老师，可以当作学生跟大家共同学习就好。"祖父说，他还担任机要秘书，一时脱不开身。蔡元培说："没关系，你可以请人代课。"见年长自己二十五岁的前辈竟对自己这么关爱有加，祖父就答应了下来。

当年 6 月，张勋复辟，辫子兵进京，祖父也回到了家中。他早在上中学时就经常在琉璃厂买佛经佛典自学，由此产生心向佛法的念头，故而从报社离职后又一头钻进了佛经佛典里。直至此时，祖父仍没有想过前往北大教书，而是准备前往湖南的一个庙里剃度出家。在去往湖南的路上，祖父看到沿途兵祸连连、民不聊生的惨状，于是放弃了出家之念，写下《吾曹不出如苍生何》一文，转身回了北京。回京后不久，祖父便接到蔡元培再次邀请他担任北大印度哲学讲师的来信，随即前往北大执教。

和而不同

大家都知道祖父的性格是很执拗倔强的，但他也有非常包容豁达的一面。这点从他与熊十力之间的友情便可看出。

二人的相识相知颇有几分戏剧色彩。祖父曾在《究元决疑论》中指名道姓地斥责熊十力"此土凡夫熊升恒……愚昧无知"，因为熊先生在《庸言》杂志上发表文章、指责佛法让人流荡失守，毫无可取之处，而祖父心向佛法，所以熊先生的言行他深不以为然。不料1919年的夏天，祖父接到了熊先生寄来的一张明信片，上面写道："此文看过，骂我的话不错，我暑假准备来北京，可否一晤？"祖父随即登门拜访，两人一见如故，从此成为终生好友。

他俩这对"好朋友"，确实非常与众不同。好朋友一般都是志同道合，他俩却恰恰相反，无论在生活习惯、脾气秉性还是思想理念上，都是大相径庭。祖父内敛深沉，熊先生外向狂放；祖父心向佛法，十八岁就开始吃素，而熊先生每天都要吃肉。祖父说，熊先生吃鸡非常霸道，要吃就得吃一整只，别人不许"染指"一丝一毫，要吃得另叫。

祖父曾回忆说，熊先生好辩论，而且好站着说话。那时候非常讲究，客人来了如果站着，那么主人也要陪着站。所以熊先生来了，祖父就很辛苦，要陪他从头站到尾。有时候，熊先生争论不过，还要打上两拳，然后骂一句"笨蛋"，扭身便走。祖父没少挨揍，但是他并不计较。观点不同也不妨碍两人是好朋友。

祖父对熊先生的评价是：熊先生才气横溢，是不守故常的人。祖父曾建议熊先生去南京支那内学院欧阳竟无那里去学唯识学，熊先生答应了，一学就是三年。后来，祖父在北大也教唯识学，教着教着觉得自己学识不够，教不下去了，就跟蔡元培建议去请欧阳竟无的大弟子吕澂来教，蔡元培答应了。结果欧阳竟无先生不肯放他的大弟子走，祖父一筹莫展，后来一想，熊先生在这儿也学了三年了，祖父就推荐他到北大教了唯识学。

但是祖父没有想到，熊先生登上讲坛后，却是另辟一路，称作新唯识。

1924 年，祖父主动离开北大，想到山东去按照自己的教育理念办教育。他跟熊先生表达了自己的想法，熊先生说"你走我也走"。就这样，他们带着各自的学生，一同前往山东办学。

熊先生每出一书必先印送给祖父。他的观点祖父都不太赞成，认为他对先贤不恭，狂妄自大，但仍专门写了《读熊著各书后》，一一加以点评，认为只有这样才对得起朋友。

家风丌明

祖父回忆说，梁济给他的教育是非常新式的：让他自己主动去碰撞、去成长，而不是实时指导他这个该怎么做、那个该怎么做。祖父说，父亲给自己的教育无外就三点：第一，是带他去看戏，给他讲戏里的故事；第二，是带他上街购买日常的生活用品，了解人情世故；第三，是教会他穿衣吃饭等生活基本常识。祖父说："他最不可及处，是意趣超俗，不肯随俗流转，而有一腔热肠，一身侠骨。""我最初的思想和做人，受父亲影响，亦就是这么一路（尚侠，认真，不超脱）。"

1988 年 5 月，祖父接受人生最后一次采访。台湾《远见》杂志的记者问他："您对台湾青年和大陆青年有什么嘱托？"祖父说："要注重中国的传统文化。"沉吟片刻后又说道："要顺应时代潮流。"

祖父对我们的教育也是这样，"君子行不言之教"，让你自己选择。当我们兄弟几个迈入青少年阶段，祖父专门买来一本书，亲自包了书皮、写了封面。那是一本1974年版的《生理卫生知识》。祖父在书中还夹了一张便条：

> 此书可先粗看一遍，再细读之。粗看和细读均不妨从自己注意上选择地看或读，不必挨次序。随遍数增加，自然会慢慢地都全部通看了。

与祖父一起生活的日子里，我吃得比较咸，他吃得比较清淡，所以我经常当着他的面往自己的饭菜里倒酱油。祖父看着我的行为，什么也没说。直到有一天，我正在客厅，祖父拿着一本绿皮书走了过来。那是一本上海科学普及出版社出版的讲日常生活小常识的书，为了让我找到他看的那一页，祖父还特意折了书角，并在题目上拿红笔勾了出来。至今我还记得题目是"吃盐过多等于慢性自杀"。

不光是不好的事情不能太过，好的事情也不能太过。祖父曾给我写过一封信：

> 钦宁来信阅悉，甚好，古训云，过而能改善莫大焉，为人要堂堂正正、顶天立地、俯仰无愧，此义亦由你父母给你讲明。我最近给钦东讲"不贪"，"不贪"是根本，一切贪皆从身体来。有心、有自觉，即有主宰，为身体之主，自然不贪。余无多嘱，祖父手字。

钦东贪什么？我祖父起夜看钦东熬夜看小说，第二天就写信给我讲：所有好的事情过了也是贪。

1985 年，西方文化进入中国，对年轻人影响最深的就是迪斯科。我花了十块钱，专门报了舞蹈班去学习。有一天，我在家里的客厅正练着，看到祖父正好走来。那时，父辈们对这类"靡靡之音"还是有很多非议的，我突发奇想，拦住祖父问："爷爷，您刚才看见我跳舞了吗？"祖父点点头。我追问："您喜欢吗？"祖父扶了扶眼镜，莞尔一笑说道："你喜欢就好。"

那时，祖父已经九十二岁了，他对新事物的接受能力以及他的宽容、包容，都对我产生了很大的影响。

（《作家文摘》2018 年总第 2146 期，摘自《纵横》2018 年第 6 期）

我家的照片"故"事

·吴钢·

父亲吴祖光一生交游广阔。在爸爸妈妈的朋友当中，有一个人后来影响了我一生，他就是著名摄影家张祖道。在我儿时的记忆里，张叔叔身上总是带着一个新奇的东西——照相机，我对这个东西充满了好奇心。

父亲是电影导演出身，摄影并不外行，他在家中小院子里拍摄了不少照片。其中有一张，是我很小的时候，父亲给我拍摄的一张彩色照片，那应该是在夏天，我光着屁股玩水时拍摄的。这是一张真正的135彩色反转片（正片），在当年是十分罕见的。记得父亲说照片是托唐瑜在国外冲洗出来的。

还有一张父亲正在给母亲拍照的照片，也十分难得。母亲在家里小院的南瓜架下，手里托着一个大南瓜。这是在阳光和树荫的结合部，用光很巧妙。

后来，我们从东单栖凤楼搬到了王府井马家庙的四合院里，家里也有了弟弟和妹妹。我们兄妹经常在院子里模仿看戏的情景，自己演戏玩。父亲找到了一块五十厘米左右的方砖，用铁架子架起来。在方砖上画出方格，让我们用毛笔蘸上水，在方砖上练习写大字。正是这些点滴的艺术训练和熏陶，使得我们兄妹三人长大以后都从事了艺术工作。

最近我在整理老照片的时候，发现了一些父亲在香港做电影导演时期的照片，当时的他风华正茂，忙着为周璇、李丽华、孙景璐等明星拍戏。其中一张照片里父亲穿着花格毛衣、毛绒西裤，脚上是白色镂花皮鞋，坐在藤椅上晒太阳。照片背后有他亲笔题写的"1947 摄于香港九龙大中华影业公司"。我还找到父亲 1958 年在北大荒时的几张底片，极其宝贵。其中一张父亲拿着帆布手套，棉鞋裹着一层泥，裤子上厚厚的补丁已经磨白，后面是草坯泥砖砌起的工房，可以想见当年劳作与环境之艰苦。两张照片对比，十年间人生境遇的变换，真是令人感慨。

父亲从北大荒回来后，常用家里的一台苏联制造的佐尔基135 照相机在院子里给我们拍照，他看到我对照相机感兴趣，就鼓励我也试着照几张。那时候的照相机不但要装胶卷，还要根据光线，手动调整光圈大小和快门速度，具体调整到什么位置，要凭经验。父亲就给我慢慢讲解，他生动形象地把光圈比喻成窗户的大小，把速度比喻成开关窗户的时间："窗户开得大，射进来的光线就多。同样，开窗户的时间长，射进来的光线也会增多。"这样，我很快就掌握了基本的光圈、速度调整方法。

"文革"时学校不上课了，我开始摆弄家里的照相机，父亲就正式请张祖道叔叔做我的摄影老师。这时市场上照相器材很少，我和张祖道叔叔经常把家里的幻灯机当作放大机用，放出来的照片模模糊糊，像是潜在水里的影像，父亲看了后说是"抽象派"摄影。

后来市场上出来了一种简易放大机，我记得是七十五元，这是当时一般工人两三个月的工资，父亲说服母亲给我买了一台。我高兴极了，父亲更是高兴，对家里人说："一二三四五六七，大家来看放大机。"我把佐尔基相机上的镜头拧下来，装到这台放大机上，第一次放出了高质量的照片。

当时我给家人拍摄过不少照片。那个时期妈妈的照片很好辨认，都是剪的短发。而之前为了演出方便，妈妈一直是留长发的。那时候我家从四合院搬到了和平里的单元楼，正是在这里，我和张祖道老师学习摄影，拍摄了最初的摄影作品，在卫生间里学习放大照片，在窗户的玻璃上用滚筒给照片上光……

（《作家文摘》2018 年总第 2191 期，摘自《照片"故"事》，吴钢著，生活·读书·新知三联书店 2017 年 10 月出版）

兰姑姑的戏票

·刘心武·

"我们两家是世交啊"

1950年夏天，我八岁，随父母从重庆水路到达武汉再乘火车抵达北京，从那以后，我就定居北京。

我到北京看的第一出戏，是民族歌剧《王贵与李香香》。记得那天到了首都剧场门口，把门检票的不让我进，因为儿童是一律不让进场的。我那时身体发育滞后，小头巴脑，父亲急中生智，告诉他们，我们是赠票，是孙维世导演赠的，把那装票的信封拿给人家看，信封是中国青年艺术剧院的专用封，信皮上有我父亲的名字，右下角签着"维世"。

这招还真管用，人家就让我跟随父母进去了，我那颗小小的心，由紧而松，欣喜莫名。那出歌剧《王贵与李香香》是根据李季的长诗改编的，导演并非孙维世，也并非中国青年艺术剧院的剧目，是以北京人民艺术剧院名义演出的，可能孙维世和编剧于村熟稔，所以有了较多的戏票，就分赠一些给亲友，我家也就得到了。

从那次起，我就知道，我们家有机会得到赠票，去看演出。赠票的，父母让我叫作兰姑姑。兰姑姑我始终没见到过，但她的亲妹妹，父母让我叫粤姑姑的，多次来过我家，后来当然就知道，兰姑姑是孙维世，粤姑姑是孙新世。

我生也晚，老一辈的事，只是听说。我爷爷刘云门，1932年就去世了。我在爷爷去世十年后才出生。前些年，粤姑姑从美国回来，约在贵宾楼红墙咖啡厅见面，见到我就大声说："心武，我们两家是世交啊！"

概括地说，兰姑姑和粤姑姑，当然她们还有三位兄弟，其父亲孙炳文、母亲任锐1913年在北京结婚，我爷爷刘云门是证婚人，婚宴后在什刹海北岸会贤堂饭庄前的合影留存至今。1922年孙炳文和朱德赴德国前，在我爷爷家小住，1924年我爷爷到广州任中山大学教授，1925年我母亲遇到困难，被孙炳文、任锐接到其家居住，但他们很快也往广州参加孙中山领导的革命，就又安排我母亲到任锐妹妹任载坤家暂住。任载坤是冯友兰夫人，所以后来我进入文学圈后，把宗璞叫作大姐，遭母亲呵斥，说应叫璞姑姑才是，兰姑姑、粤姑姑都是宗璞表姐，她们是一辈的。

"我要兰姑姑的票"

中国青年艺术剧院成立后,孙维世导演的第一出戏是《保尔·柯察金》,这出戏的票也送我家了,但我哥哥姐姐去看了,我没看上。那时候,我父亲先在海关总署后在外贸部工作,兰姑姑送票,好像都是邮寄到父亲单位。有次又看见父亲下班回家从衣兜里掏出一个信封,我就跳着脚喊"我要兰姑姑的票",但是父亲冲我摆手,跟母亲说:"这回不是票,是信,请我去她家吃便饭。"

兰姑姑和粤姑姑都称我父亲天演兄,称我母亲刘三姐,或简称三姐,因为我母亲在娘家排行第三。后来知道,是兰姑姑和一名演员,也就是演保尔的金山结婚了,婚礼早举办过,再个别邀请到我父亲,应该是一种对世交的看重吧。那天父亲带回一瓶葡萄酒,说兰妹(他总这么称呼孙维世)告诉他,是周总理给她的。过些天家里来客,父亲得意地开了那瓶酒共饮。

再一次父亲回家,带回兰姑姑赠的戏票,笑对我说:"全给你!"原来,是兰姑姑把她在舞台上排演出的儿童剧《小白兔》,由中国新闻纪录电影制片厂拍成了舞台艺术片,我约两位同学一起去了新街口电影院,原来是正式公映前的招待场。听见父亲对母亲说:"兰妹十五岁就在上海演电影,她对电影很熟稔的,拍起电影驾轻就熟。"可惜后来兰姑姑没有再导演电影。

兰姑姑再一次赠票,是她导演的果戈理的名剧《钦差大臣》，我高兴地跟母亲去东单拐角那里的中国青年艺术剧院专用剧场观看。印象特别深刻的是，全剧演到最后，台上台下都在笑，忽然一个人大声说："笑什么？笑你们自己！"台上的所有角色就以不同的姿势僵在那里，台下的观众也都愣住，幕落，观众热烈鼓掌。

兰姑姑，她1939年去苏联学戏剧，斯坦尼斯拉夫斯基1938年刚去世，其嫡传弟子列斯里血气方刚，兰姑姑成了列斯里的学生，因此可谓得斯氏体验派戏剧体系真传。

最后一次得到兰姑姑戏票

最后一次得到兰姑姑戏票，是1962年了，看了她执导的《黑奴恨》（根据《汤姆叔叔的小屋》创作）。1907年6月，欧阳予倩、曾孝谷、李叔同等组织的春柳社在日本首演了据之改编的五幕新剧。到了1961年，欧阳予倩再次改写剧本。

1961年，欧阳予倩还健在，而且是实验话剧院院长，那时是七十二岁的老人，兰姑姑比他晚生三十多年，当时才四十岁，执导这样一位中国话剧创始人老前辈的剧作，感受到的压力一定不小。2018年，从电视上看到中国国家话剧院老演员田成仁的一段访谈，谈五十七年前演出《黑奴恨》的一段经历，原来开排此剧，主角选的另一位也颇资深的演员，体形胖壮符合原小说描写，但导演怎么都觉得不对，就让其停下。那时候，剧院里兰姑姑排戏，剧院里的人能去觑一眼的都要去觑一眼，田成仁也不例外，躲在一角观看，没想到被兰姑姑一眼见到，就点着名儿要他进入排演空间，演一段给其他演员看，田成仁说那天他害臊地逃避了，《黑奴恨》也就停排了。过了大约半个月，才又开排，剧院宣布角色分配，男一号黑奴汤姆——田成仁！可见停排的那些日子里，兰姑姑一直在寻求舞台上的新意，按说瘦高的田成仁并不符合原著里汤姆的模样，但是这次她不求形似，甚至也不要求纯粹从体验入手去寻找"种子""动机"，她大量吸收了布氏体系表现派的特点，在人物站姿、动态，以及与其他角色的形体交错、配搭、互动上，追求一种激动人心的雕塑感。

1964年，兰姑姑深入当时的石油基地大庆，与那里的工人和家属同吃同住同劳动。1965年编写了话剧《初升的太阳》，由金山导演。1966年上半年进京演出，轰动一时，好评如潮。那应该是她努力开创中国话剧新篇章的力作。

但是自1963年起，她和我父母没有了联系，我也就再没有得到兰姑姑的戏票。很后悔1966年上半年没有买票去看《初升的太阳》，现在已成绝响，徒留想象。

（《作家文摘》2019年总第2248期，摘自2019年7月1日《文汇报》）

父亲杜宣的学生时代

·桂未明·

在日本结识郭沫若

1931 年，父亲杜宣从九江来到上海，考入吴淞中国公学预科，是一个爱看书爱写诗的学生。"九一八事变"爆发，打破了学校的宁静。父亲跟着进步同学一起走上街头游行、演讲，乘火车去南京请愿，敦促国民政府出兵抗日。1932 年 1 月 28 日，位于吴淞口的中国公学被日军的炮火夷为平地，愤怒的学生在左翼戏剧家董每戡教授的指导下，成立了"中公剧社"。父亲也是组织者之一。

董每戡是剧社的导演，他帮剧社排了田汉和他自己的两个独幕剧。父亲不是演员，但在董先生一个多月的排戏、说戏的过程中，他渐渐被戏剧的魅力吸引。同年 10 月，他在校加入了中国共产党。秋天，在地下党的领导下，"中公剧社"连续四十多天在新世界剧场演出这些剧目，专为东北抗日义勇军募捐寒衣。他们正为演出成功而喜悦时，父亲和同学中的几个支部委员都被校方开除学籍。父亲很不甘心。在左翼戏剧家联盟的领导下，1933年元旦，他们成立了"三三剧社"，父亲是负责人，从此，他进入了正规的戏剧活动。那年他十九岁。

1933年，父亲东渡日本，在东京日本大学法律系学习。年末的一个晚上，因买书结缘的光华书店老板请父亲去吃饭。父亲应约来到早稻田大学附近的"有明馆"。原来老板请的是郭沫若，父亲是作陪的。

鲁迅和郭沫若，是青年心中的两大偶像。父亲大喜过望。郭沫若招呼父亲到身边坐下，询问了他的姓名和籍贯，接着问起父亲，是否听说过一个从日本回江西的他的同学？原来，这位郭沫若的留日同学竟是父亲读私塾时的老师。说到了熟人，父亲就放松了。郭沫若烟瘾很大，侃侃而谈，他叮嘱父亲首先要学好日语，而后向父亲介绍了三位刚从帝国大学中文学部毕业的竹内好、武田泰淳和冈崎俊夫。他们组织了"中国文学研究会"，还出版了一本《中国文学》期刊。郭沫若说："你们一定能够取长补短。"后来父亲和他们成了终生的朋友。

《雷雨》在国外的首演

1934年夏，父亲在茅崎海滩租了房子度假。一天，竹内好和武田泰淳，带了一本刚出版的《文学季刊》来找他。上面有曹禺的处女作《雷雨》。剧本中的情节在父亲脑海里很长时间挥之不去。

暑假过后父亲回到东京，打算把它搬上舞台。1935年4月27日，以"中国话剧同好会"的名义，《雷雨》在东京一桥讲堂正式公演。因剧本较长（至少四个小时），违反了日本政府的"夜间娱乐活动不得超过十一点"的规定。演到第三幕时，警视厅来人当场禁止演出。父亲不得不连夜删去序幕、尾声，调整第三幕，以保证后面两天的演出。

这是《雷雨》在国外的首演。它打响了曹禺的知名度。那时巴金正在东京。他看过话剧彩排，也去看了第一场被终止的戏，父亲那时并不知道这些。时过二十多年，巴金把珍藏的一张当年《雷雨》的剧照送给了我的父亲。

《雷雨》的几场演出引发了中国留学生对戏剧的兴趣，"中华留日学生戏剧座谈会"就这么成立了。父亲他们又连续排演了果戈理的《视察专员》、托尔斯泰的《复活》、田汉的《洪水》等剧。因为是秋田雨雀介绍的，他们在筑地小剧场演出时，场租费只收半价。之后，父亲他们又以"留日剧人协会"的名义演出了易卜生的《娜拉》。在这段时间里，通过秋田雨雀，父亲认识了日本左翼戏剧家、新协剧团团长村山知义先生，加强了和日本左翼戏剧的关系。此后两年间，他们一批人几乎观看了新协剧团和新筑地剧团所有的剧目，那都是些知名的导演、演员和舞台设计家的作品。

向鲁迅和郭沫若约稿

　　《杂文》是父亲和帝国大学的同学猛克等人合办的。父亲说，他们是自筹资金办的，不付稿费，但大家积极性很高。父亲第一个就找郭沫若约稿，听父亲说明来意，他让父亲等着。当场就写了一篇散文《阿活乐脱儿》（Axolotl 指北美墨西哥热带地方的一种两栖类动物），署名"谷人"，交给父亲。父亲有点失望，但郭沫若说："读者看的是文章，不是看名字的。"父亲拿回去后，还是把它放在第一期头条。

　　1935 年 5 月 15 日《杂文》第一期出版后，父亲立即寄了一本到上海内山书店，请他们转交鲁迅先生，还附约稿信。很快，鲁迅先生寄来一篇《孔夫子在现代中国》，署名"鲁迅"。父亲很高兴，马上寄给郭沫若看。不久，父亲就收到一篇署名"郭沫若"的文章：《孔夫子吃饭》。这两篇文章同时发表在《杂文》第二期上，在文学界影响很大，发行量大增。

　　父亲还说："做编辑的也要学会和人打交道。真正的大家是很看重年轻人的。他们说不定喜欢和你说话呢。他们问什么，你就说什么，只要心诚就好；即使碰钉子，也是一种学习。"他鼓励当编辑的我去尝试。

《永别了，聂耳》

那时，吉林省文联有个资料室。一天翻到一本《聂耳纪念集》，居然发现我父亲在 1935 年 11 月 1 日写于东京的《永别了，聂耳》一文。我不假思索地把它抄了下来，寄回上海。

后来听父亲说，聂耳在上海时由田汉介绍加入了左翼剧联和音联。1935 年春因躲避国民党追捕，来到东京。他们第一次请他来讲课时，父亲并不知道聂守信就是聂耳，还闹了笑话。他看着签名本上"聂守信"的名字，在会上说，今天本来有位音乐家聂耳先生要来参加大会，不知道来了没有，结果聂耳在会场里站了起来自报家门。

以后他们就熟悉了。父亲说聂耳长得很健壮，非常健谈。这年 7 月，他们相约去北条海岸度假。父亲他们打算请聂耳介绍他创作《义勇军进行曲》《大路歌》《卖报歌》时的感想，没想到在 7 月 18 日上午，他们收到聂耳房东的急电，说聂耳 17 日晚在鹄沼溺亡。这个暑期，留学生们忙于聂耳的悼念活动，由父亲提议油印了这本纪念册。聂耳比父亲年长两岁，去世时才二十三岁。他的去世，父亲为之惋惜。在父亲晚年时，我还陪他去了鹄沼海边进行凭吊。

在日留学期间，父亲得到了郭沫若、秋田雨雀等戏剧前辈的提携，又参加了许多扎实的文学戏剧活动，这对提高父亲的戏剧文学修养和水平起到至关重要的作用。

1937 年"七七事变"后，父亲离开日本回国，又投身新的旅程。

(《作家文摘》2019 年总第 2280 期，摘自 2019 年 10 月 9 日《文学报》)

发表《受戒》需要胆量

·杨早·

1980 年第 10 期的《北京文学》上，发表了一篇小说《受戒》，小说作者是汪曾祺，当时，这是一个让读者感到很陌生的名字。而《受戒》也是几十年的新中国文学未曾涉及的题材。

关于《受戒》的创作背景

关于《受戒》，汪曾祺本人的回忆是这样的：

> 读高中二年级，日本人占领了江南，江北危急。我随祖父、父亲在离城稍远的一个村庄的小庵里避难，大概住了半年。我在《受戒》里写了和尚的生活。这篇作品引起注意，不少人问我当过和尚没有。我没有当过和尚。在这

座小庵里，我除了带了准备考大学的教科书，只带了两本书，一本《沈从文小说选》，一本屠格涅夫的《猎人日记》。说得夸张一点，可以说这两本书定了我的终身。这使我对文学形成比较稳定的兴趣，并且对我的风格产生深远的影响。我父亲也看了沈从文的小说，说："小说也是可以这样写的？"我的小说也有人说是不像小说，其来有自。

《受戒》所写的荸荠庵是有的，仁山、仁海、仁渡是有的（他们的法名是我给他们另起的）……唯独小和尚明海却没有。大英子、小英子是有的。大英子还在我家带过我的弟弟。没有小和尚，则小英子和明海的恋爱当然是我编出来的。小和尚那种朦朦胧胧的爱，是我自己初恋的感情。

"味道十分迷人"

《受戒》的责任编辑李清泉回忆说，初次知道《受戒》，是听北京京剧团的老杨说起的，他那时刚读了一位朋友写的小说，"味道十分迷人，可是回头一寻思，又觉得毫无意义"。

李清泉说的"老杨"是杨毓珉，他是汪曾祺在读西南联大时的同学，汪曾祺"摘帽"（摘去"右派"帽子）后，能从张家口调回北京，到北京京剧团工作，杨毓珉是主要的推荐者。两人曾通力合作，将沪剧《芦荡火种》改编为现代京剧《沙家浜》。因此，汪曾祺写出《受戒》之后，曾在京剧团给少数人看过初稿。据汪曾祺儿女回忆：

《受戒》写成后，爸爸没有想找地方发表，只是在剧团少数人中传看。把想写的东西写出来，爸爸已经很满足。杨毓珉、梁清濂都看过。梁清濂回忆说，一天爸爸找到她说："给你看个东西。"这个东西就是《受戒》。看过之后，她才知道小说原来是可以这样写的，很激动。但是看过之后又想，这样的小说能够发表吗？给杨毓珉看，他也很激动，觉得写得很美，但也认为没地方发表。这其实不奇怪，这样的作品解放几十年都没有一篇，谁能相信如今可以发表？

杨毓珉在代表北京京剧团到文联开会汇报工作时，提到了汪曾祺写的《受戒》，引起了《北京文艺》编辑李清泉的兴趣。此时正值《北京文艺》即将改名为《北京文学》，1980年第10期，是改名后的第1期，这期杂志也拟定为"小说专号"。身边出现了这么一篇"味道十分迷人"的小说，李清泉当然不肯放过。

李清泉先向杨毓珉讨要，但杨毓珉的回答是"不行，这可不行，不往外传"。李清泉没办法，只好直接给汪曾祺写了个条儿，大意是：听说你写了什么作品，你给我看看好不好？

汪曾祺当天就请人将稿子送给了李清泉，但附上一纸短简说："发表它是要胆量的。"李清泉"正面看，反面看，斜侧着看，倒过来看，怎么也产生不出政治联想，看不出政治冒犯"。

为什么写《受戒》

汪曾祺在《关于〈受戒〉》里回忆，写《受戒》的动因有三点：一是他重写了三十二年前的旧作《异秉》，感到自己的情感、认知，跟早年比有所变化，沉淀在心中的"旧梦"，似乎可以用"一个80年代的人的感情来写"；二是比较集中、系统地重读了老师沈从文的小说，沈从文笔下的农村少女形象，推动着他去写出一个自己的"翠翠"；三是外部环境的变化，这是至关重要的一点。

从1979年到1980年，汪曾祺身历目睹的一些事，也成为他写《受戒》的动因。

"文革"结束之后，汪曾祺有一段时间没有被分配工作，过了一段悠闲日子。1979年，汪曾祺被划"右派"前工作的单位中国民间文艺研究会作出了给汪曾祺平反的结论。当汪曾祺向经办专案的人员表示感谢时，对方回答："别说这些了吧！二十年了！"

也是在1979年，《人民文学》编辑王扶经过多方打听，找到汪曾祺住址，登门约稿。汪曾祺十分意外，又感到激动，为《人民文学》创作了小说《骑兵列传》，发表于1979年第11期。这是他复出后发表的第一篇小说。《新观察》也于1980年第2期发表了他的小说《黄油烙饼》。

1980年的春天，汪曾祺重读沈从文的作品，同时他迎来了分别数十年的大姐汪巧纹。姐弟俩畅谈高邮往事，引发了汪曾祺的思乡病，儿女说，常常见他"发愣"。

《受戒》就是在这样的氛围下，花了两个上午写成的。后来汪曾祺对于写作《受戒》，有一段总括：

> 我干了十年样板戏，实在干不下去了。没有生活，写不出来。"四人帮"倒台后，我真是松了一口气。我可以按照自己的方法写作了，不说假话，怎么想的就怎么写。《异秉》《受戒》《大淖记事》等几篇东西就是在摆脱长期捆绑的情况下写出来的。从这几篇小说里可以感觉出我的鸢飞鱼跃似的快乐。

《受戒》发表这一年，汪曾祺正好六十岁。他本人既感慨，又不无自嘲地说，花甲之年"执笔为文，不免有'晚了'之感"。

（《作家文摘》2019年总第2273期，摘自2019年9月6日《光明日报》）

我与杨小凯的"北漂"时光

·郁鸿胜口述，黎震宇整理·

杨小凯（1948—2004）是著名华人经济学家，生前曾两次获得诺贝尔经济学奖提名。郁鸿胜先生曾和杨小凯在中国技术经济研究会朝夕相处，共同工作学习，结下深厚友谊。

于光远：我给你找的小伙伴叫杨小凯

我父亲郁钟德共有四个兄弟姊妹，长兄是郁钟正，参加革命后改名为于光远。1932 年，于光远考入上海大同大学，并于1934 年转学到清华大学，后来又到延安开始革命生涯。1956 年，我出生于北京，1969 年在上海读初中。

在这样的环境下，我除上学之外，就在家里看书。当时家里有不少书，一摞一摞放在藤筐里，特别是有不少政治经济学方面的教科书。我父母毕业于中国人民大学，所以家里囤积了很多人大的经济学教科书。十七岁时，我到上海川沙县凌桥公社插队。两年后，我获得参军机会。1976 年 3 月，我在解放军总后勤部第五汽车团服役，驻扎在北京丰台。虽然部队生活紧凑，但我还是抓紧时间做些经济学研究。来北京还有个很大的好处，就是可以经常去于光远家，那里简直是书的天堂。当时他住在史家胡同 8 号，这里以前是俞启威（又名黄敬，俞正声父亲）的住所。

于光远发起成立两个研究会：中国技术经济研究会和中国管理现代化研究会。我通过借调方式到了中国技术经济研究会，做一些资料整理工作。

这时候，杨小凯还在湖南邵阳新华印刷二厂做外文校对工作。他在 1979 年 3 月写给李南央（李锐女儿）的信里面，表达了想考社科院研究生的愿望。我最早认识杨小凯是通过他的论文，是在 1979 年四五月份。我借调到研究会后，每天去收发室拿两趟信件，有一次，我拿到一封寄给研究会的很厚的信件，打开一看是篇论文。别人一般用稿纸誊写，但这篇用的白纸，内容与控制论相关，作者名字叫杨小凯。

这篇论文后来放在我的桌子上，我一页一页啃。因为我没上过大学，数学底子又不好，水平非常有限。虽然看不懂这篇文章，我还是想去钻研。到了大概 6 月，有一天我在于光远家里一边吃午饭一边聊天，他问我技术经济研究会的事情多不多，准备给我找个小伙伴。又从包里拿出一封信，大概两页纸。他说："我给你找的小伙伴叫杨小凯。"

这封信是李南央写的，大意是杨小凯希望得到于光远的帮助。李锐和杨小凯的父亲杨第甫是老交情，都是湖南老乡，在革命年代就熟识。于光远后来在回复李锐的信中，也提到准备让杨小凯到研究会工作，到第二年研究生招考的时候，将会推荐杨小凯报考社科院研究生。

对学术很执着

我还清楚记得第一次与杨小凯见面的情景，那是 1979 年国庆假期结束后的第一个工作日，大概早上八点，办公室来了一个小青年，穿着中山装，瘦瘦的，个子不高，看起来很老成。他第一眼看到我，就打招呼说："你是小郁吧？"这时我也反应过来，问他："你是小凯吧？"这样大家就算正式认识了。

当时中国技术经济研究会在三里河国家科委大楼里办公，管理非常严格。小凯报到后，我领着他去办通行证，带着他到处逛，介绍哪里是食堂，哪里可以买饭票等。于光远给李锐的信里也提到，需要杨小凯自己解决住宿。杨小凯住在东城区，他的姑父邱纯甫时任国家经委副主任，杨小凯就住在姑父家里，住宿条件应该不错，每天骑着一辆 28 式自行车上下班。

小凯性格非常温和，脾气从小就磨掉了，为人也很大方。记得有一次，天气突然变冷，我穿得比较单薄，小凯就把绒线背心脱下来给我穿。他也非常节约，大冬天骑着自行车，还戴着一副破手套。

当时在研究会，管理工作做得多，研究工作做得少。不过，杨小凯还是留了些时间和专业学者交流。在中国技术经济研究会这个平台，杨小凯建立了学术界的人脉。他掌握了很多前沿信息，经常主动打电话向一些学者请教。他对学术研究很执着。

那时我一门心思想考研。我没读过大学，直接报考研究生，压力很大。当时，我在北师大学习高等数学，上完课以后回来做作业，小凯经常教我数学。有时候学习紧张，小凯就不回姑父家睡觉。办公楼上面的床位，我和小凯晚上轮流睡。我先在上半夜睡到一两点，小凯就看书学习。等我起来后，小凯下半夜接着睡，睡到早上六七点。这样的学习状态持续了好几个月。有时候吃饭，小凯带了饭碗，我没有带，等他吃完，我洗一洗就用他的。有时候他在楼上学习，我吃完饭，就把自己的饭碗洗洗，给他带饭过去。

考研政治经济学零分

1980 年，社科院成立了几个新所，比如马列所、技术经济研究所等，都没有什么新鲜血液。那一年，恢复高考后的本科生还没有毕业，老同志还散落在各个单位。想要研究所发挥功能，只能两条腿走路，一是招研究生，二是去社会上招聘研究人员。

小凯和我都报考研究生。小凯考试的时候，政治经济学的分数却很不理想。

按照李南央的回忆，后来小凯把考零分的事情告诉了李锐和她。他答题的内容，并不完全是老师看不懂而打零分，而是和标准答案差别太大，小凯用了自己的方法和模型来解释，有自己的判断和思考在里面。这件事是后来批试卷的老师和我说的，他们内部也反复讨论过。当时的环境下，这种考试肯定不可能给太多自由发挥空间。所以对小凯来说，参加传统考试很不合算。当时我们手里天天拿着政治经济学的教科书在背，他不看也不背，他的兴趣并不在此。

因为没能录取，小凯只能以借调名义继续工作。这时候，小凯觉得在北京待不下去了，就有离开的想法。武汉大学的刘鹰刚好在社科院进修，她向武汉大学校长刘道玉推荐了小凯，后来小凯就去了武大。

合作完成第一本西方经济学译著

我和杨小凯合译过波兰经济学家奥斯卡·兰格的《经济控制论导论》。

大概是在 1979 年 11 月，时任中国技术经济研究会理事的乌家培来国家科委开会。会议结束后，他向我们提到，美国经济学家克莱因要访华，社科院想出一本书，作为克莱因访华的一个礼物。杨小凯就和乌家培商量翻译《经济控制论导论》。接下这个工作后，小凯对我说，他来负责翻译，我主要承担类似前言、后记的翻译以及一些辅助工作。小凯连续开夜车翻译，三天的时间就睡了几个小时，元旦假期也没休息。那时候真是惜时如命。国家科委每周六都组织在人民大会堂看电影，一摞一摞的电影票放在桌上，可以随便拿，但我和小凯从来不去。

这本书是改革开放以后，西方经济学进入中国的第一本译著，在1981年出版。以前有些书，所谓资产阶级经济学，可能以灰皮书的形式出版，不对外公开发行，仅限于一定级别以上的干部阅读。这本书还可能是小凯唯一翻译的一本书，后来都是自己写书，包括20世纪80年代的《数理经济学》《经济控制论初步》等。

现在大家回忆小凯，对他在武汉工作，到美国求学，在澳大利亚教书的经历说得很多，但他在北京的那段历史讲的人很少。实际上，小凯的学术生涯起点，就是那三年的"北漂"岁月。

（《作家文摘》2018年总第2160期，摘自《同舟共进》2018年第8期）

与军徽擦肩而过

·陈忠实·

飞行员之梦破灭

这是 1962 年。

进入高中最后一个学期，刚刚开学不久，突然传达下来验招飞行员的通知。校长在应届毕业生大会上传达了上级文件，班主任接着就在本班做了动员。其实学校各级领导都知道，这几乎是一个只开花不结果的事。因为从本校历史上看，每届高中毕业生都要验招飞行员，结果是零的纪录。

审查下来，一个班能参加身体检查的学生也就十来个人，除去女生。更进一步也更严格的政治审查还在后头，要视身体检查的结果再定。我是这十余个经政审粗筛通过的幸运者之一，又是被大家普遍看好的几个人中的一个。我那时刚好二十岁，

125

一年到头几乎不吃一粒药，打篮球可以连续赛完两场打满八十分钟，一米七六的个头，肥瘦大体均匀，尤其视力仍然保持在1.5，这在高三年级里是很可骄傲的。

"脱掉衣服。"医生坐在椅子上，歪过头瞅我一眼又说，"脱光。"我赤条条站在房子中间。

医生从椅子上站起来，先走到我的背后——我感觉到那双眼睛在挑剔——在我的左肩胛骨下戳了戳；然后再走到我的前面，不看我的脸，却从脖颈一路看下去。最后他不紧不慢地说："你不用再检查了。"我问哪儿出了问题。他说，小腿上有一块疤。飞行员的金身原来连这么一小块疤痕都是不能容忍的。我不甘就此终结希望，便解释说，这个小疤没有任何后遗症。医生说，到高空气压压迫时，就可能冒血。我吓了一跳，完全信服了医家之言，再不敢多舌，便赶回学校去，把演算本重新摊开。

然而，学校却实现了验招飞行员零的突破，一个和我同龄的学生走进了人民解放军航空兵飞行员的队列。他顿时成为全校师生最瞩目的人物。

保送炮兵被取消

我的飞行员之梦破灭了，却无太大挫伤，原本就是碰碰运气的侥幸心理罢了，而真正心里揣着较大希望的，却是炮兵。

按照历届毕业生的惯例，每年都要给军事院校保送一批学生。保送就是免去考试，直奔。政治审查条例虽然和飞行员一样严格，我却并不担心；学习成绩也不是要求拔尖而只需中上水平，我自酌也是不成问题的；身体条件比普通士兵稍微严格，却远远不及飞行员那么挑剔。炮兵便成为一个切实的梦想，令人日夜揪着心。真应了俗谚所说的夜长梦多的话，终于等来了令我彻底丧气的消息。

程老师匆匆走进教室，神色也不好。他说校长刚传达完上边一个指示，国家正处于经济困难时期，今年高校招生的比例大减。当他说到这里时，脸色顿时变青发黑了，几乎用喊的声调警示我们说："大减就是减少的比例很大！大到……很大很大的程度……今年考大学……可能比考举人……还难。"整个教室里鸦雀无声。我已经不敢再看程老师的脸，微低了头，脑子里一片空白。程老师一只手撑着讲桌，最后又像报丧似的说："军校保送生的任务也取消了。不单陕西，整个北方省份的军校保送生都取消了。本来我们班有几位同学是完全够保送军校条件的。现在……你们得加倍用功学习……"

后来的结果完全解释了程老师所说的招生比例大减的内容，全校四个毕业班只考取了八名大学生，我们班竟然剃了光头。

一条新的出路

本年破例在高中毕业生中征召现役军人。此前的征兵对象只是初中以下的青年，高中毕业生只作为飞行员和军校的挑选对象。道理无须解释，招生比例既然大大削减，正好为部队提供了选拔较高文化兵源的机遇，也为高中毕业生增加了一条新的出路。

有人打听到接兵的军官已经到达当地武装部的消息，我们便迫不及待地追到区政府所在地纺织城，十余里的路不知不觉就到了。那位军官出面接待了这一帮年约二十的高中生，很热情，也很客气，又显示着一种胸有成竹的矜持。他的个头高挑，英武，一种完全不同于地方干部也不同于老师的站姿和风度，令人有一种陌生的敬畏。同学们七嘴八舌地询问种种在他看来纯属于 ABC 的问题，他不烦不躁地做着解答，遇到特别幼稚的问题，顶多淡淡一笑。

学生们最关心的问题还是有关身体检验，诸如身高、体重、视力、熊掌脚等最表层也最容易被刷下来的项目。有同学突然提到沙眼，说许多人仅就这一项就丧失了保卫祖国的机会，而北方人十个有九个都有不同程度的沙眼，最后直戳戳地问：究竟怎样的眼睛才算你们满意的眼睛？

军官先做解释，说北方人有沙眼是不奇怪的，关键看严重程度如何，一般有点沙眼并无大碍，到部队治疗一下就好了。究竟什么样的眼睛才是军人满意的眼睛呢？军官把眼光从那位发问的同学脸上移开，在围拢着他的同学之中扫巡，瞅视完前排，又扫巡后排，突然把眼睛盯住我的脸，说：这位同志的眼睛没有问题，有点沙眼也没关系。我在这一瞬脑子里呈现了空白，被军官和几十位同学一齐看着，看着我的眼睛，我不知所措了。大概从来也没有被人如此近距离地注视过，大概从来也没有人称我为"同志"。缓过神来以后，我才有勇气提出了第一个问题：腿上的一块指甲盖大的疤痕能不能过关？军官笑笑说不要紧。

既然眼睛被军官看好，既然那块疤痕也不再成为大碍，我想我这个兵就十拿九稳当上了。周六回到家中，我把这个过程全盘告知父母。父亲半天不说话，许久之后才说："即使考不上大学，回家来务农嘛！天下农民也是一层人哩！"我便开始说服父亲。最基本的一个道理，如果不念高中，回乡当农民心甘情愿，念过高中再回来吆牛犁地就有点心不甘，部队毕竟还有比农村更多的发展机会……这种父子间的对话，与在学校小组讨论会上的表态，是我的人生中两面派的最初表现形式。公开的表态是守卫边疆的堂皇，而内心真正焦灼的是个人的人生出路。在我的解说下，父亲稍微松了口，说让他再想想，也和亲戚商量一下。我已经不太重视父亲最后的态度了，因为我明确告诉他，已经报过名了。

参军之路被断

周日返回学校之后的第三天，上课时候我发现了异常，几位和我一起报名验兵的同学的位子全部空着，便心生猜疑。好容易挨到下课，同学才告知今天体检。我直奔班主任办公室，门上挂着锁。再问，才知班主任领着同学到医院体检去了。我不知发生了什么事，为什么单独扔下我？

我便直奔十几里外的纺织城一家大医院，被告知我们班的几位同学已经检验完毕，跟着班主任去逛商场了。我再追到商场，果然找到了班主任，他正借此闲暇，领着爱妻转悠。他对我只说一句话，回到学校再说。对于我急促中的种种发问，他不急不躁，却仍然不说底里，只是重复那一句话。我的热汗变成冷汗，双腿发软，口焦舌燥，迷茫不知所向，甚至怀疑是否政审出了什么麻烦。我不知怎样走回学校的，躺到宿舍就起不了身了。

班主任让班长通知我谈话。班主任很平静地告诉我，我的父亲昨天找过他。我自然申述我的志愿，不能单听父亲的。班主任反而更诚恳地说，第一次在高中毕业生中征兵，是试验，也是困难时期的非常举措。征兵名额很少，学校的指导思想是让那些有希望考取大学的同学保证高考，把这条出路留给那些高考基本没有多少希望的同学。班主任对我的权衡是尚有一线希望，所以不要去争有限的当兵的名额。最后，班主任有点不屑地笑笑说，人家都争哩，你爸却挡驾，正好。我便什么话也说不成了。

我又坐到课桌前，顺理成章地名落孙山了。没有任何再选择的余地，回归我的乡村。

我在大学、兵营和乡村三条人生道路中最不想去的这条乡村之路上落脚了，反而把未来人生的一切侥幸心理排除净尽了；深知自修文学写作之难，却开始了；心底存储一种义无反顾的人生理想，其标志是一只用墨水瓶改装的煤油灯。

（《作家文摘》2018年总第2168期，摘自《我走在这活泼泼的人间》，陈忠实著，湖南文艺出版社2018年7月出版）

第三章

一弯新月又如钩

一弯新月又如钩

·赵珩口述，王勉采写·

他对小孩子很尊重

我和陈梦家先生的接触是机缘巧合，在 1957 年至 1961 年这四五年的时间接触最多，那时我也就是十来岁年纪，但是对他的印象很深刻。

来往多是因为这期间我们两家住得很近，我家在东四二条，他家在钱粮胡同，过条马路不远就到。另外，陈先生对我父亲（赵守俨，中华书局原副总编）很赏识，虽然两个人年龄相差十几岁，但是很谈得来。那时候陈梦家先生经常来我家，多则每周，少则一个月一两次。他是个喜欢交朋友、爱串门的人。

陈先生喜欢和各种人接触，老一辈的，比如容庚、商承祚等，同龄的朋友就更多了，例如比他小三岁的王世襄，年轻人、小孩子他也很喜欢。记得我小时候喜欢看小人儿书，看完就照着画。最常画的是小人儿骑马打仗，画了很多张。每次陈先生来，我都愿意把画拿给他看。因为别人看了仅是敷衍说"不错不错"就完了，他却是认真地一张张点评："这个不错。""这个不大对，手这么拿刀的话根本使不上劲儿啊。"他还告诉我："画画，人的比例要站七坐五盘三，人站着的比例是七个头颅高矮，坐着是五个头颅高矮，盘腿是三个头颅高矮。"我听得很服气。所以我那时候很喜欢他来，因为他对小孩子尊重。

陈先生喜欢跟我开玩笑。我曾经在一篇散文《凌霄花下》中写到过关于陈梦家名字的问题：有一年，我家的凌霄花开得很茂盛，陈梦家在花下跟我父亲聊天，后来父亲有事暂时离开，他就和我聊了起来。聊着聊着突然问我："你知道我为什么叫梦家吗？"我说："不知道啊，你是不是做梦见家了？"他说："不是。是我母亲生我之前梦见一头猪，但是我总不能叫梦猪吧？所以就把猪（古称为'豕'）上面加了一个宝盖。"到底是他逗小孩子还是真的如此？我不敢说，可是我知道他弟弟叫梦熊。

他的夫人赵萝蕤先生也偶尔到我家来，但很少和陈先生一起来。她来主要是找我母亲，因为都搞翻译工作，所以和我母亲聊得来。1961 年我的父母搬到西郊翠微路 2 号大院，距离远了，来往也就少了。

从诗人到考古学家

陈梦家先生是新月派的后起之秀，同时期还有方玮德、卞之琳等。因为陈梦家的父亲是神职人员，所以他从小有机会接触很多西洋文学。他的英文非常好，再加上古典文学功底深厚，使他能把西洋文学和中国古典文学的美融为一体。1931 年，陈梦家在二十岁的时候出版了《梦家诗集》，当时影响很大。

那时我一直不知道陈梦家是诗人，他也没有和我说过。后来从找父亲那里才知道他是诗人，还觉得他和我想象中的诗人对不上号。

1932 年，陈梦家考入燕京大学，他先是学宗教学，后来转到文学院成为闻一多的学生。后来他和赵紫宸的女儿赵萝蕤相识。赵萝蕤先生是学西洋语言文学的，也是一位才女。他们在 1932 年前后结婚，很多人说陈、赵二人真是郎才女貌。我见到赵萝蕤先生时她已经有些发胖，个子在当时女性中算高的，戴一副白边眼镜，不爱说话。

陈梦家年轻时非常漂亮，眼睛很大，个子中等偏高，估计有一米七五左右，肩膀宽宽的，风度翩翩，我见他时他已经有眼袋了，但依然能看出年轻时的风采。他很少穿西装，总是很朴素的布质中山装。偶尔穿一件西服上身，也不打领带。

1944 年，他由当时在燕京执教的费正清和金岳霖介绍，到美国芝加哥大学去教中国古文字学。1944 年至 1947 年他在美国，从 1947 年开始他到欧洲四处游历。这个时期他做了一件非常了不起的工作，就是把中国流落在美国和欧洲的青铜器逐一做了著录。这是非常大的工作量，没有特别的爱国热情，是不可能做那样的事情的。后来他做的著录都结了集。诗人陈梦家变成了考古学家陈梦家，这是他人生中极大的转折。

不久后，陈梦家回到国内，在燕京大学执教。1952 年院校调整以后，他就到了社科院——当时叫"哲学社会科学部考古所"，从此从事文物考古工作。

他非常推崇《竹书纪年》的可靠性，并与万斯年先生一起修订了万国鼎的《中国历史纪年表》，1955 年出版后，大家都觉得非常好用。他曾送给我一本，虽然那本早就不在了，但我从小到大都在使用，不知道用坏了多少本。

兴趣广博的戏迷

他的精力非常充沛。除了做他的研究工作还有很多爱好。王世襄先生曾经一说起明清家具收藏，必提到陈梦家。王世襄说："今天拿我当成了明代家具专家，其实我跟陈梦家没法比，他的收藏、研究深度比我强多了。"而且王世襄先生对陈梦家的诗也很佩服，曾经和我说起过。我不懂家具收藏这一门，但我记得我去陈梦家家里见过不少红木家具，而且都是正在使用的，而不是作为收藏品。记得他有一个脸盆架，是明代的，平时也用，我印象很深。

陈梦家也很好吃，曾带我去过好多次隆福寺，别看他是浙江上虞人，生长在南京、上海，对北方的东西也很喜欢。我家那时搬到东四不久，对这些不太了解，他就介绍了一家小馆子，专门吃面食，是从切面铺发展起来的，叫"灶温"，最有名的是小碗干炸，还有一窝丝，是一种油酥饼。

他也特别喜欢看戏，尤其喜欢地方戏。我父母看地方戏都是陈梦家带去的。印象最深的是他请我父母带我去看川剧。

陈梦家很懂戏。有几位特别棒的川剧演员，他们有什么好处，他都分析得头头是道，也经常讲给我听。比如，名小生曾荣华当时有一出戏叫《铁笼山》，这和京剧《铁笼山》是两回事，是演元代铁木儿的事。曾荣华在其中是小生的扮相，篡位下毒时打油脸。油脸就是演员在粉底后画黑眼圈，再抹很多油。我就问陈梦家，为什么脸上要抹很多油？他说这是人物心里面想坏事呢，表现他很惊恐。后来我发现很多戏里都有这样的扮相，例如《乌龙院》《伐子都》都在表现宋江、子都内心惶恐时打油脸。不光是川剧，小地方的戏他也看，像陕西秦腔《火焰驹》，甘肃陇剧《枫洛池》。

伤别人间五十载

这样兴趣广博、为人洒脱的人，在 1966 年的 9 月 3 日，自缢身亡。

1957 年他曾被打成"右派"，在这种不愉快的心情下，他做了好多事情。他最重要的几部著作包括《西周青铜器》和修订的《西周年代考》《六国纪年》等，都是这一时段完成的。当时作为"右派"是不能在著作上署名的，只能署成"考古所编"，或者"考古所著"，他并不太在意署名的问题，只要自己的研究能够完成，他就很高兴了。今天很多著作已经恢复了陈梦家的署名。

1978年，陈梦家去世十二年后，等到了平反昭雪。

大会是在八宝山举行的，那天去的人很多，有五六百人。我记得灵堂门两侧的挽联是由梅兰芳次子梅绍武先生和夫人屠珍两个人写的，一副长联，写得非常感人，可惜我已经记不清具体词句了。梅绍武夫妇是赵萝蕤先生的弟子，也是学西洋语言文学的。

我认为陈梦家先生是喜欢世界上一切美好事物的人，他从不招惹别人，只想做好自己。他这样一个人，在那样一个时代是无法忍受的，所以愤然离世，我觉得对他来说也是一种解脱。五十年过去了，陈先生的为人，我对他的感情，一直永驻。

（《作家文摘》2017年总第2000期，摘自2016年9月3日《北京青年报》）

晚年王映霞

·丁言昭·

　　王映霞老师生于 1908 年 1 月 25 日，2000 年 2 月 5 日在杭州去世，享年九十二岁。王映霞老师虽然去世多年，但是每每想起与她在一起畅谈的情景，想起她与我父亲丁景唐、母亲王汉玉的友谊，总是非常怀念。

初　识

　　1979 年 11 月，我在《中国现代文艺资料丛刊》第四期上，发表了《鲁迅和〈奔流〉——纪念〈奔流〉出版 50 周年》，当中有些细节就来自王映霞老师。

　　这个题目是父亲布置我写的，并告诉我应该寻找哪些资料。一天，他说："过几天我们去拜访王映霞吧。"

那时，王映霞住在上海威海卫路 190 弄 23 号，靠近成都路口。1977 年的一天，我和父亲吃过晚饭，出发到王老师家去。

因为此前，王映霞曾经赵景深先生介绍，上我家来过，所以抬头看见父亲，连忙走过来，柔和地说："你们来了，请坐，请坐。"我看着她，往日美丽清秀的脸庞，虽然增添了细细的皱纹，但以她的风度、气质，仍不失为一个大美人。

王老师的家，离我上班的上海木偶剧团很近，骑自行车几分钟就可以到达，于是那次采访过后，我经常上班时一溜烟儿跑到她家去，然后一眨眼又回到剧团。

我们谈鲁迅、谈郁达夫，谈 20 世纪 30 年代文坛情况，谈她小时候的趣事……每次从王老师家回来，心中总是充满了欢乐，装满了知识。我老觉得她不会变老，永远那么精力充沛、口齿伶俐、红光满面、手脚灵便，走起路来比我还快。

我与王老师相差两代人的年龄，所以每次问及郁达夫的事，总有点不安。有一次，我悄悄地问她儿子钟嘉陵："我老问你妈妈关于郁达夫的事，她在意吗？""没关系，她现在对一切都无所谓。"以后每次去，我们总是随便地谈起郁达夫和他同辈的老作家，如蒋光慈、吴似鸿、丁玲……

就在此时，人民文学出版社副社长兼副总编辑楼适夷给父亲写了一封长长的信，意思是说："你为什么要女儿去研究王映霞？"起先，我根本不知道这件事，直到我有一年去北京，正在人民文学出版社帮助搞《鲁迅全集》注释工作的包子衍先生请我吃饭，我才得知。包老师对我说："你可以研究的人物多的是，楼先生让我对你说，王映霞是茅坑里的石头，又臭又硬。

你不知道，她在重庆外出吃饭时，总有几个穿国民党军装的军官陪着她……"

回沪后，我告诉父亲，父亲笑笑，并不说话。我想，楼先生说的重庆那些事可能是真的，但是也很正常啊，那时，王老师已与郁达夫离婚，1942 年 4 月 4 日与重庆的华中航业局经理钟贤道结婚，证婚人就是国民政府驻美大使王正廷。因为钟贤道是王正廷的得意门生，王正廷又是他们俩的介绍人，来参加的人大部分是国民党的高官啊。我想，你越反对我研究，我就越要研究。

和谐家庭

一个人的长寿，除基因外，最重要的是与和谐的家庭有关。王映霞老师与郁达夫离婚后，与钟贤道先生结婚，我叫他钟伯伯。他是位心地善良、为人忠厚的知识分子。

结婚时，钟伯伯对王老师说："我懂得怎样能把你的已经逝去的年华找回来。我们会有一个圆满的未来的，请你相信我！务必要相信我！"

后来，他们生了两个孩子钟嘉陵和钟嘉利，生活得很美满。1952 年 12 月，王老师身陷囹圄二十天，后又被无罪释放。当时把钟伯伯急坏了，四处打听，接着又想方设法给妻子送东西。在里面，王老师没哭过，因为她相信自己是无辜的，可是看到亲爱的丈夫在门口接她时，眼泪忍不住哗哗地流淌下来。

1980 年 11 月 19 日钟伯伯因病去世。王老师无限悲伤地说："他实在是一位好丈夫、好父亲、好外公，我和他共同生活了三十八年，是他给了我许多温暖、安慰、帮助的三十八年。"

王老师的一双儿女非常孝顺，哥哥在深圳、妹妹在杭州。父亲去世后，他们俩不是把母亲接到深圳，就是接到杭州与他们一起生活。王老师非常热爱生活，房间里总是打扫得干干净净，床被叠得整整齐齐。

她从来不买名牌的衣服或包。有一次，王老师约我陪她到城隍庙去买包，说她几天前买的包被女儿拿去了。那时，她家门口有一辆 24 路电车，直达城隍庙。我陪着王老师东逛逛西望望，忽然王老师指着一个黑包，说："就是这只。"我一看，价钱不贵，十元之内，不过式样很大方。

王老师每天都穿得很鲜亮、很得体、很有气质，看上去就是一位有文化的老人。有一次，她寄给我一张照片。我看了眼前一亮，王老师穿了件粉红加翠绿大花的衬衫，一般人家会觉得太"乡气"，可穿在她身上很美。

爱拍照爱写信

王老师爱好拍照，我们经常在她家门口拍，因为她家隔壁是所幼儿园，墙上画满了卡通图案。

王老师还爱写信，每次信中总忘不了说："向你爸爸妈妈问好。"给我的信中说："爸爸妈妈都好，他们写信也怕烦了，只有我，永远不怕烦，而且总在清晨半夜起来写，像现在才两点钟，我就在为你写信，要不要看随便你。我是有那么多的精力呵！"

受王老师的鼓励，我妈妈一改十几年不写信的习惯，居然也写起了信。我妈妈叫王汉玉，也姓王。爸爸常说，这两位王老师可要好了，不是你来，就是我去，吃过来，吃过去。王老师说："我在你妈妈家里也不知吃过多少顿饭，现在已经算不清了。"记得有一次，妈妈看到王老师穿了一条棉裤，觉得颜色很好，式样也挺满意的，便问这是哪里买的。谁知第二天，王老师拿着新棉裤送到我家来了。

吾友映霞

1988 年，父亲为王老师写过一幅字：

青山缭绕疑无路

忽见千帆隐映来

录北宋王安石诗句以应

映霞吾友雅嘱

景玉书

1988 年 6 月 10 日于沪上

"景玉"是父亲将自己和母亲的名字中各取一个字,他经常自称景玉公,一些篆刻名家为他制过好几方印章。

父亲为什么写这幅字呢?我有点记不起来了,可是在另外一幅字上,我找到了答案,那是1988年1月父亲在安徽滁县写的——

　　1987年冬,余偕淙漱养病琅琊山野。一日,接三女自沪寄来家信,谓1988年1月25日(旧历丁未十二月廿二日)为王旭姑母八秩寿辰。乃书宋人王安石《江上》一诗以祝:

　　江北秋阴一半开,晚云含雨却低徊。青山缭绕疑无路,忽见千帆隐映来。

景玉书
1988年1月于滁州琅琊山野小筑

"淙漱"是母亲的另外一个名字,"王旭"是王映霞的名字。外人可能不太知道。

从父亲写的"王旭姑母""吾友映霞"等字眼来看,父亲完全认可我与王老师忘年交的来往。记得20世纪80年代初我为王老师的书《达夫书简》做注释、20世纪90年代初我为王老师写传时,父亲也出了不少力,做了许多工作。王老师为了感谢父亲,送给他一把她外祖父王二南的扇,后来好像转送给补白大王郑逸梅先生了。

王老师在我为她整理的《王映霞自传》里说：

> 如果没有前一个他（郁达夫），也许没有人知道我的
> 名字。

（《作家文摘》2018年总第2131期，摘自2018年4月16日《文
汇读书周报》）

我和顾福生

·白先勇·

　　1993 年夏天，我在台北又见到顾福生。福生从美国回来探亲。算一算自他由旧金山搬到波特兰，竟有五六年没有见过面了。那天下午我们相约在诚品书店喝了咖啡，出来走到敦化南路仁爱路的圆环，正值台北下班的交通尖峰时刻，反正叫不到车，我俩干脆在街边石阶上坐了下来，无视于行人熙攘、车声喧嚣，兀自天南地北地谈笑起来。

　　福生大我三岁，已年近六十，可是谈笑间，一切岁月的侵蚀、人世的斑驳统统消逝了。眼前的顾福生还是我三十多年前初识的顾福生——一个永怀赤子之心、拥抱艺术、奋不顾身的作画者。

　　顾福生的画室，很少为别人开启。20 世纪 60 年代初，我刚认识顾福生，他带引我到他的第一间画室里。那是他在台北泰安街的家中，在后院独立一间的小屋里，是福生的卧房，也

146

是他作画的地方。那是艺术家一个隐蔽的小天地。我记得那间房间里陈列满了一幅幅青苍色调，各种变形的人体。那么多的人，总和起来却是一个孤独。那是顾福生的"青色时期"。顾福生的画，全是他内心世界的投射，外界的现实世界，他似乎全然漠视。所以他画的人，并没有个人的属性，而大部分是没有头，或是面目模糊的。他告诉我他要离开家到外面去，到法国巴黎，远行到另外一个世界去追求他的艺术。我们初识那一年是值得怀念的日子，我刚创办《现代文学》，开始写作，对追求艺术的理想，狂热则一，因而感到彼此相知，这份相知之心，持续至今。

1964 年，我在纽约见到顾福生时，他已经从巴黎转到纽约来了。他又带我到他的画室去。他的纽约画室里，又摆满了他的新作。顾福生作画的速度很快，每个时期产量也颇惊人。他这个时期的画，还是以人体为主。其实他所有的画都是以人为中心的。不过这些人体已摆脱了早期的拘泥与凝重，人平地飞起，多姿多彩起来。

1964 年夏天，我在纽约哥伦比亚大学上夏季班，哥大离福生住处不远。下了课，我会去找福生。有时候我们到中央公园去散步晒太阳。他跟我谈起在法国的生活，倒有点像普契尼的《波希米亚人》。现实生活挫折从未能动摇福生对艺术的信念。

20 世纪 70 年代中，顾福生搬到了西岸旧金山，而我自己也到西岸来教书，于是又有了碰面的机会。那年我去他那里过圣诞，一进屋，便看到全屋子墙壁上都挂满了顾福生的画，大都是他的近作。福生迫不及待地把我带到阁楼上一间小房间，里面贮藏了他许多幅尚未装框的画，有油画，有水彩，有素描，都是我未曾见过的，恐怕有几百幅。福生兴奋地把他的画一一给我看，而且一直问我喜不喜欢。我知道顾福生的画是不轻易示人的。他大概觉得我还了解一些他的艺术，所以要听我的意见。别人的画我不一定懂，可是几个好朋友的画，我倒还有一点心得。因为了解人，所以也亲近他们的画。

那天晚上，我睡在那间阁楼的房间里，看着那些画面上飞在天空中的人体、站在卧室中的斑马、浮在人头上的大黑驴，不禁赞叹，艺术家是有本事重造我们视觉世界的。

（《作家文摘》2018年总第2196期，摘自《树犹如此》，白先勇著，湖南文艺出版社2018年12月出版）

你和我

·万方·

妈　妈

　　1974年，当我回到家，妈妈已经不在家里了，在医院的太平间。我妹妹也回来了，那时我们俩都在当兵，我在沈阳，她在烟台。我记得很清楚，我们俩坐在窗下低矮的破沙发上，另一位邻居，一个阿姨面对我们坐在小板凳上，讲述妈妈是怎么被发现死去的。我下意识地哭了，并没有大哭，抽抽噎噎的，有些懵懵懂懂。

　　爸爸始终不在场，或者是在我的记忆里他一直不在场。事实上他在，就在他那间小书房里。是一排小平房中的一间，被前面更高又离得很近的房子挡住了所有的阳光，靠墙的书柜遮住了墙上一块块发黑的霉斑，但没有办法消除阴湿的潮气。屋里有一张床，他躺在床上，始终躺着。我们去医院的太平间见妈妈最后一面他没有去。这可能吗？难道是我记忆失效？我又询问了妹妹，得到肯定的回答，他确实没去。

现在我知道了，他在他的孤岛上。不，那不是一座孤岛，是一个深渊，他掉在深渊里，无法想象有多深，多黑暗，多么哀痛。

因为妈妈去世，我有一个月的假期。能在北京待一个月是多么令人激动啊。这一个月我和妹妹去了两次颐和园，和朋友们爬山、划船。7月的太阳当空照射，昆明湖如一面白晃晃的大镜子，映得我们的面庞熠熠发光。朋友带了一部120的海鸥照相机，照片上的我坐在船上，穿着游泳衣，那时候昆明湖可以游泳，我快乐地笑着。

我爸爸躺在小屋里，一个人。

公　公

我的妈妈，邓译生，是邓仲纯和方素悌的女儿。

外公邓仲纯，又名邓初，他出生的邓家和方家一样，也是安徽名门。祖上最有名的人物是邓石如，清代篆刻家、书法家，外公是他的五世孙。邓石如为自己起了几个很浪漫的号，号完白山人、凤水渔长、龙山樵长、顽伯，可见是多么自由洒脱、特立独行的一个人。

我对外公没有多少清晰的印象，印象最深的是在他死之前，北京锣鼓巷的一个院子里的光线。我记得西斜的阳光斑驳地洒落在院子的砖地上，很多大人在屋子里进进出出，一个病人躺在里屋的床上快要死了。那位躺在床上的老人，脸瘦得吓人，颧骨下面塌陷得像两个黑洞，妈妈拉着我的手走到他床前，那是我不愿意做而不得不做的。我不记得是他摸了我，还是我摸了他，总之我们有身体上的接触。因为他看不见，什么都看不见，脑瘤压迫了他的视神经。这是我长大以后知道的。"亲亲，亲亲公公。"妈妈凑到我耳边说，同时想把我抱起来，举到适合的高度。我陡然挣脱她的手，扭身逃跑，跑出屋子，逃到明亮的西斜的阳光里。

外公病重后从青岛来到北京，因为他的两个女儿都在北京，他的妻子也在北京。他和婆从抗日战争结束之后就分开了，再也没有一起生活。他有一个女人，是个护士，李大姐，他们住在一起。但是在最后的日子李大姐没有来北京，没能陪在公公的病床前。

妈妈准备好了房间，铺好了床，干净柔软的枕头、新暖壶、新毛巾、脸盆、拖鞋，等待公公住到自己家里，让她能尽孝，贴身地看护服侍。她长得最像公公，是公公最爱的女儿。可公公却没有来，不肯住进铁狮子胡同 3 号女儿的家。他的拒绝，我认为有两个原因：一个是大家都认为的原因，公公从一开始就不接受爸爸，到最后他还是不情愿改变对这位女婿的态度；另一个显而易见的原因却被忽略了，那就是公公不愿意回到婆身边。和公公分开后，婆一直跟着我妈妈生活，我爸妈的家就是她的家。公公不想回到婆的家里，重归婚姻的壳子，他要对得起另一个女人。

我爸爸和我妈妈相遇、相爱的时候，他是有家室的人，已经有了一个女儿，而我妈妈是公公的心肝宝贝，二十出头，还从没离开过父母身边。对他们的爱情公公竭力反对。这个理由亲友皆知，却掩盖了另一个理由，也许那才是公公更在乎，却不想说出口的。我姨告诉我，公公有一次和她说起婆，他结发的妻子，他说：小宛生啊，我对得起你妈了，我没有和她离婚，对得起她了。

在公公患病之后我的姨曾和李大姐见了面，李大姐跟她说："我是真的爱你爸爸，我会好好照顾他。"但是我的姨不同意、不答应，她不仅代表她自己，还代表着全家和全社会。当她和我谈起这段往事，她哭了，哽咽得说不出话，但我还是能听出她的呜咽："我对不起公公，对不起，对不起他……"她最终意识到尽管众多亲友陪在公公的病床前，公公还是感到极大的欠缺，甚至很孤独。

婆

公公和婆结婚后就去日本留学，学医，两人相隔千里，可感情很好，这是爸爸和我说的，他说那时候他们俩书信来往频繁。

在日本，公公结识了一位终生的朋友——陈独秀，他们是同乡，公公的爸爸邓绳侯曾是陈独秀的老师。陈独秀用民主、革命的新思想大肆浇灌和公公两人的友谊，公公自然而然地吸收了。但是他并没有成为一个革命者，他选择了行医，而没有选择政治。

婆对家里不时出现陌生人越来越感到不安。这些人身上有一种她不喜欢的秘密且危险的气味，被他们带进家中的气氛弄得她厌烦又不安。

我的姨邓宛生，我叫她好姨，2018 年她九十七岁，居住在香港。好姨告诉我，在北京三眼井胡同的家里，她和姐姐正睡得香，被摇醒，匆匆穿上衣服，抱出屋门抱到街上。门口停着一辆私人轿车，里面坐着一位先生，两个睡眼惺忪的小女孩儿被塞进轿车，压在那位先生身上，婆也挤进车里，然后车就开了，开半天，开出城，又开了很久，在荒郊一处田埂停下，那人下车消失在暗夜中。那人是李大钊。随后车掉头往回开，到家之后两个孩子叽里咕噜爬上床接着睡觉。她们姐妹俩也以同样的形式乘着车掩护过瞿秋白出城。当年陈独秀代表中国共产党去莫斯科的时候，瞿秋白做他的翻译，应该算是公公朋友的朋友。李大钊曾在东京早稻田大学留学，和公公的弟弟是同学，因此也和公公相熟。公公甚至称不上是革命者的同路人，但在他们身处险境需要帮助的时候他从不犹豫。

可是婆不愿意、不高兴，她的目光只能看到家门口，怀着一个女人的私心她不断地为了种种事情生气。婆还曾把陈独秀拒之门外，让陈独秀吃了闭门羹，而那是公公的挚友啊。一篇写陈独秀的文章里，婆被称为邓妻，称她是个心胸狭小的女人。可是我不想贬低婆，她没有做错什么，一个妻子看出自己在丈夫心中的位置，不是排第一，也许从来都不是，不知道排在第几，能作何感想又会怎样反应？她又不是圣人。

自 1938 年到了四川，公公就在江津的延年医院当院长，陈独秀贫病交加，很长时间就住在延年医院由公公照料，像是他的一位亲兄长。1942 年，听到陈独秀在乡下病危，公公赶到他身边陪护，打强心针、平血压针，用了能用的各种药。最终公公陪着陈独秀的灵柩从乡下回到江津，在面对长江的山坡上选了一块墓地，和几位友人一同埋葬了他。

公公爱朋友，爱女儿，爱他的弟弟，也许还爱那位护士李大姐，也许也爱我。有一张照片，公公坐在阳光下，手里抱着一个襁褓中的婴儿，姿态很放松……那个婴儿就是我。公公走的时候六十五岁，比现在的我还要年轻。

（《作家文摘》2019 年总第 2262 期，摘自《收获》2019 年第 4 期）

尺素留痕：忆朱家溍

·徐淳·

在整理爷爷遗物时，我发现了一封信。牛皮纸的信封已略有破损，信封右下角印着"故宫博物院"五个红字。展信读来，但见纸页泛黄，原来这封信是朱家溍先生在 20 世纪 80 年代写给我爷爷徐元珊的。

因戏交友

朱家溍先生是故宫博物院研究员和国家文物鉴定委员，他为何会跟我爷爷有书信往来呢？我奶奶说，朱先生从前常来家里找爷爷聊天，到了饭点爷爷就留朱先生在家里吃饭，老哥俩边吃边聊，每次都得聊透了。

朱先生多才多艺，书画、摄影无不精通，尤嗜戏曲，且造诣颇深。朱先生的小女儿朱传荣说："父亲一生爱戏。十三岁登台演出《乾元山》开始，八十六岁以《天官赐福》告别舞台。舞台实践七十多年，竟然超出他服务故宫博物院的年头。"

朱先生之所以能和爷爷成为好友，皆因他俩志趣相投，交集颇多。爷爷是富连成"元"字科的武生，朱先生最爱看、最爱演的就是武生戏。他俩都是武生泰斗杨小楼的拥趸，且都对杨派武生艺术甚是痴迷。朱先生曾在《杨小楼的〈夜奔〉》一文中写道：

> 富连成原来没有这出戏，在这个时期王连平向刘宗杨学会这出戏，在科班里教给黄元庆、徐元珊、茹元俊，从此富连成有了这出杨派《夜奔》。

我想，杨派武生艺术一定是他俩聊天绕不开的话题。

著名学者吴小如先生曾经这样介绍朱先生："其实朱老并不只学和只演杨派武生戏，也揣摩并实践演出余派老生戏。除看杨小楼的戏外，他也是余叔岩和梅兰芳两位大师的忠实观众，他看余、梅两家的演出场次丝毫不比看杨小楼的次数少。他对余派戏和梅派戏同样有研究，且造诣很深。"我爷爷是梅兰芳剧团的当家武生，又是梅兰芳的表弟。朱先生在20世纪50年代曾参与梅兰芳先生《舞台生活四十年》第三集的记录工作，因此是梅宅的常客。爷爷和朱先生正是在梅家相识的。

爷爷的大姐夫王少楼先生是余叔岩先生的得意弟子，年长朱先生几岁。朱先生爱看王少楼的戏，两人每次见面必谈学余的体会。当年，朱先生曾向王少楼学过一出《坐楼杀惜》。爷爷和朱先生正因杨、梅、余的艺术才会一见面就有说不完的话、聊不尽的戏。

世家风范

朱先生写这封信的大意是，爷爷和朱先生在马凯餐厅的饭桌上聊起《对刀步战》这出戏，爷爷说缺少"大帐"一场的戏词。朱先生回去后从升平署内学的本子上照原样把戏词抄给了爷爷。信文如下：

> 元珊老弟　如晤
>
> 久未晤言　想念甚切　前在马凯席上谈及"对刀步战"吾弟说"缺少大帐的词"我这里有一本升平署内学本子封面上写"光绪九年七月准，按外边誉的"这个本子别字很多　几乎讲不通　但也无法改正　只好照原样抄这场大帐　老弟当然一看就明白　可以斟酌改正　专此即问近安并问弟妹好

朱家溍

爷爷说起缺少"大帐"一场的戏词，朱先生想必是应允帮忙找寻。此信看似轻描淡写的家常絮语，但细读慢品，就会倍

感温存。信中虽是席间言语，但朱先生绝无戏言，受人之托，终人之事，足见朱先生一诺千金。

这封信让我想起奶奶对朱先生的评价。奶奶说，朱先生和戏班里的人不太一样，言谈举止透着那么文气，有一股子说不上来的劲儿。

朱家溍先生是南宋大儒朱熹的二十五世孙，他出身于世代书香门第，是一位典型的读书人。他的高祖朱凤标人称"萧山相国"，在清道光十二年考中一甲二名进士，授翰林院编修。他的父亲朱文钧是中国近代著名的碑帖收藏家、书画鉴定家。故宫博物院成立之时，朱文钧被聘为专门委员，负责鉴定故宫收藏的古代书画碑帖。1934年，伦敦举办中国古代艺术展，那是第一次大规模地在国外展出中国古代绘画作品的展览，全部展品都由朱文钧亲自选定。

这样显赫的家世留给朱家溍最大的财富是什么呢？是祖宗的盛名，还是万贯家财？都不是，是淳良的家风。

朱文钧斥巨资收藏了国内很多独一无二的碑帖。故宫博物院马衡院长打算跟行政院申请一笔经费——约十万元——收购朱家所藏碑帖。朱文钧和马衡约定，等朱文钧百年之后将其所藏全部碑帖无偿捐给故宫。朱文钧离世多年后，1953年，朱文钧的妻子提议以朱家溍兄弟四人的名义将朱家所藏碑帖共七百余种无偿捐赠给故宫博物院。一诺千金，无须字据。朱家人真可谓是读圣人之书，行君子之事。

1976年，朱家兄弟又将家藏的家具和多种古器物无偿捐赠给了承德避暑山庄博物馆，随后他们又将家藏的两万余册历代古籍善本捐给了中国社会科学院历史研究所图书馆。1994年，朱家溍又向浙江省博物馆捐献了一批古代书画精品。朱家这几次捐献的文物总价值过亿元。朱家溍以国为家，他看重的不是诱人的利，而是无价的义。这或许就是孔子所说的"君子喻于义，小人喻于利"吧。

学养深厚

朱家溍在《回忆陈垣、沈兼士两位先生》一文中写道："援庵先生主张赶快公布档案史料，供学术界研究……援庵先生认为，公布档案史料不必耽搁时间，搜寻某一历史事件的全部档案，根据档案原来次序发排，十天出版一册……沈兼士和陈垣先生的思想是一致的，继续坚持十天出版一册《史料旬刊》。"

朱家溍文中所说的援庵先生，就是著名的历史学家陈垣。另一位沈兼士先生，是古文字学家。朱先生是陈垣和沈兼士的学生，深受二位先生的影响。我在此之所以要引用朱先生的这段话，是想说：朱先生很推崇陈垣、沈兼士将故宫里的文献史料迅速向外界公布的做法，这样可以使历史资料"活"起来，在学术研究和社会生活中充分发挥史料的实用价值，而不是让史料在深宫中沉睡。朱先生将故宫升平署内学本子上的戏词抄给我爷爷，在某种意义上，也是将档案史料向外界公布的一种方式，这样不仅有助于舞台演出，也让史料发挥了更大的作用。朱先生学养深厚，深知历史与现实的关系，他做的是"活学问"。

著名学者吴小如先生说:"现在有些演员在演京戏时发音吐字呈混乱现象,有的字上口,有的字却用普通话的语音声调,显得很不谐调……在这一方面,朱老作为文化修养层次很高的业余表演艺术家,当然占绝对优势,因此也正是我们值得学习借鉴的所在。"

吴小如先生为何说朱先生值得后辈学习呢?原来,朱先生毕业于辅仁大学,在校期间他曾选修过沈兼士先生的音韵学。沈先生是章太炎先生的门生,在音韵学方面造诣颇深,朱家溍在沈兼士先生的课上受益匪浅。启功先生认为,朱先生的念白之所以很讲究,完全得益于他深谙古今音理变通之奥秘,而京戏念白中有许多字都与古音韵有关。

吴小如、启功两位先生对朱先生的评价值得我们深思。对于从事艺术、热爱艺术的人来说,不能光有热情,还要提高文化修养。任何一个时代,能成艺术大师的人都有深厚的文化积淀。推而广之,干什么都得有文化,即便是玩儿,有了文化也能玩出学问、玩出品位。

今年是朱家溍先生诞辰一百零五周年。斯人远去,尺素留痕,是以为念。

(《作家文摘》2019 年总第 2294 期,摘自 2019 年 11 月 24 日《北京晚报》)

高跟鞋与平底鞋

·林青霞·

我只见过她四次，这四次已经勾勒出她的一生。

苹果绿高跟鞋

十八岁那年到越南做慈善义演，老实说那次我真的没有看清楚她的模样，不是不看，是不敢看，她太耀眼、太红了，我眼角的余光只隐隐地扫到她的裙脚，粉蓝雪纺裙摆随着她的移动轻轻地飘出一波一波的浪花，台上有许多明星，汪萍、白嘉莉、汤兰花、陈丽丽……她是台上分量最重的大明星。小时候看过她许多电影，她和凌波主演的《鱼美人》唱作俱佳，古装身段惟妙惟肖，轰动一时。十六岁就得了亚洲影后，媒体给她一个"娃娃影后"的封号。

1975 年，我到香港宣传《八百壮士》。在一个晚宴上她翩然而至，一身苹果绿，苹果绿帽子、苹果绿窄裙套装、苹果绿手袋、苹果绿高跟鞋。这次我还是怯生生的没敢望她，同在一个饭桌上我们却没有交谈。这年夏天，我到香港拍摄罗马导演的《幽兰在雨中》，在外景场地见到一部劳斯莱斯车，车牌号码还是单字"2"，就停在杂草丛生的乡间小路上。这车在当时非常稀有，必定是大富大贵人家才能拥有，电影圈中也只有她坐这辆车。工作人员见我神情讶异，告诉我那是李菁的车。"李菁怎么会到这儿？""她找罗马导演，她的电影公司要请罗马导戏。""噢——原来如此。"那次我没见着她。

自此以后，她就销声匿迹了。偶尔听到一些她的消息，"她电影拍垮了""她母亲去世了""她男朋友去世了""她炒期指赔光了""她到处借钱"……

有一次，我到一位姓仇的长辈家吃饭，听说他跟李菁很熟悉，我说我想见她，他即刻安排了下次吃大闸蟹的日子，那是 20 世纪 80 年代末。这次，我认认真真地欣赏了她，她身穿咖啡色直条简简单单的衬衫，下着一条黑色简简单单的窄裙，配黑色简简单单的高跟鞋，微曲过耳的短发，一对咖啡色半圆有条纹的耳环，一如往常单眼皮上一条眼线画出厚厚的双眼皮，整个人素雅得有种萧条的美感。饭桌上，我终于跟她四目交投，我问她会不会出来拍戏，她摇头摆手地说绝对不可能。那年她才四十岁左右。

1990 年后，我长期住在香港，在朋友的饭局中也会听到一些有关李菁的消息。香港有些老一辈的上海有钱人，会无条件地定期接济她。这些年，上一代渐渐地凋零了，接济她的人一个个走了。有一次娱乐周刊登载她的照片，说她因付不出房租被告。照片上服装黑白搭配，戴一副超大太阳眼镜，还是很有样子，只是神情有点落寞。

黑漆皮平底鞋

2018年2月的某一日，我跟汪曼玲通电话，她突然冒出一句"李菁打电话给我"，我连珠炮地问："她为什么打电话给你？她最近怎么样？她住哪里？你会跟她见面吗？可不可以约出来见面？"我只听见阿汪喃喃地说："这次我不会再借钱给她。"我十八岁跟汪曼玲认识，她刀子嘴豆腐心，在媒体工作了数十年，现在是虔诚的佛教徒，平常省吃俭用，之前竟肯拿出六位数的钱借给她。我跟阿汪说我想写李菁的故事，文章登出来稿费给她，书出了，版权费给她，每篇文章她看过才登。

阿汪约她见面，但没有说我会出现，我提议到文华酒店大堂边的小酒吧，指定一个隐秘的角落。我进去的时候，她们两位已坐定。不知为什么，我第一眼看见的是，桌底下她那双黑漆皮平底鞋，鞋头闪着亮光。她见到我先是一愣，很快就镇定下来，到底是见过大场面的人。

坐下之后，三人的话匣子打开，一直到她走都没有间断过。阿汪职业本色，一个问题接着一个问，她也毫不介意地一一回答。问："你现在最想吃什么？"答："虾子海参！好想念妈妈做的虾子海参！"她脸上泛着光彩接着说："最开心是晚上到大家乐吃火锅，一人一个锅，里面有虾有肉和青菜。早、午饭加起来三十块，火锅七十块，一天花一百块很丰盛了。"

阿汪叫我看她的左手臂，我惊见她整条手臂粗肿得把那针织衣袖绷得紧紧的，她说是做完乳癌手术，割了乳房和淋巴，因此手无法排水，令手臂水肿。她娓娓道出手术前的心理过程，是在公立医院动的手术，因为医生认识她，对她特别照顾。手术当天，她一个人带着一个铁盒子，里面放了些东西和一张纸条。纸条上写着她哥哥在内地的电话号码，她跟医生说，如果出了状况就请打这个电话给她哥哥。

阿汪问："你有没有想过自杀？"这种问题只有汪曼玲问得出来。她说以前或许有，现在很开心。她笑笑摆摆手，圆圆的眼珠认真地盯着我们二人："以前演戏的事和开刀动手术的事，我都不去想，都不去想它。"最让我深思的一句话是："有钱嘛穿高跟鞋，没钱就穿平底鞋啰。"

"李菁鱼美人"

李菁提到她的经济状况时，说人家都以为她买股票把钱赔光了，其实没有，都是一点一点慢慢花光的。提到目前租住的鲗鱼涌寓所，一个房间放衣服，一个房间是卧室，她最担心的是付不出房租，但又不愿意去领救济金。

我们从下午聊到黄昏，她说要走了，我想跟她拍张照，她拒绝了。我把事先预备好的，看不出是红包的金色硬纸皮封套交给她，她推让说不好意思，说她从来不收红包的，我执意要她收下，她说那她请客好了，我当然不会让她请。

当她站起来走出餐厅的时候，我发现她手上挂着拐杖，走起路来一拐一拐的，每走一步全身就像豆腐一样要散了似的。我愣愣地望着阿汪扶着她慢慢地踏入出租车关上车门。

和李菁见完面，总想着怎么能让她有尊严地接受帮助。她口才好，又有很多故事讲，我喜欢听故事，琢磨着每个月约她出来说故事，每一次给她一个信封。现下最重要的是先带她去吃一顿虾子海参。我跟汪曼玲商量约她出来吃饭，汪说马上过年了，过完年再说吧。

中国年气氛最好的原来是拉斯维加斯，许多香港人都到那里过年。有一天，我在拉斯维加斯看完表演回到酒店就接到汪曼玲的电话："李菁猝死在家中！"我"啊"的一声："算算跟她见面也不过十天的光景，怎么就……？"我毛骨悚然。"去世多日，邻居闻到异味，报了警才发现的。"汪曼玲那头传来的声音也是惊魂未定。想到她在港无亲无故甚至无朋友来往，我提出愿意出资为她安葬。最后汪曼玲在台湾中台禅寺的地藏宝塔，安置了一方李菁的牌位，让她时时可以听到诵经的声音，来世能够离苦得乐。

这一代年轻人并不熟悉她，上一代的人也只能叹息，我却伤感得久久不能释怀。汪曼玲说："她喜欢看书，你送给她的书她肯定还没看完，我们两个人应该是她生前最后见的人。"

在一个没有星光的夜晚，我打开手机，上 Google 按下"李菁鱼美人",见她一个十六岁的小女孩,戏里一人分饰两角,一会儿是人,一会儿是鲤鱼精,时而打斗,时而边做身段边唱黄梅调,和凌波的女扮男装谱出哀怨感人的人鱼恋,简直聪明灵巧招人爱。

(《作家文摘》2020年总第2334期,摘自2020年4月30日《南方周末》)

购粮证的故事

·梁晓声·

很久很久以前……哈，我自己都忍不住笑了，讲童话似的。实际上，购粮证退出咱们中国人的日常生活，只不过才三十几年前的事罢了。

涂改购粮证

那时，因为我父亲在"三线"，我母亲成为全家口粮最高的人——二十八斤半。我们兄弟四个一个妹妹，口粮一个比一个少，总不够吃。一度，我家成为享受粮食补助的人家。那么麻烦的申请过程，真不晓得我母亲是怎么办到的。三年困难时期，因为我母亲留一位农村的讨饭老人喝了两碗米面菜叶粥，引起了些邻居街坊的闲话。母亲一赌气，自行终止了补助。

父亲探家的日子里听我们讲到了此事，以后每月从自己的口粮中省出五斤，换成全国粮票，月月随信寄给我们。

当时，哈尔滨市各粮店实行每月分三次供给制。怕有的人家不按计划吃粮，一总买回去，半个月吃光了一个月的粮，那可咋整？于是通过粮店替市民计划，每十天供给一次。民间有民间的应对策略——若某街区的买粮日是5日，而另一街区是10日，后者便可在18日时向前者借粮，前者也可在十二三日向后者借粮。亲戚之间更可以靠此法互助，共克时艰。

当年，有一名小学五年级学生，放学回家后，发现家里的粮不够做成一顿饭了。而他母亲上班前，说过他可向谁家去借粮。那人家有他同班的女生，他脸皮薄，不好意思去借。怎么办呢？他产生了一个歪想法——将上次买粮的日期进行涂改后，自以为聪明地赶在粮店下班前去买粮。结果他家的粮本被扣下了。

那小学生便是我。

我在散文《常相忆》中写到过此事。我的一生已近七十载矣，就做过这么一件算是污点行为的事。

知青探亲带回粮食

1968年后，"上山下乡"开始了。黑龙江生产建设兵团以及全省的大小农场，以小麦收播为主，终年口粮是面粉，想吃粗粮都没有，这使从小到大难得吃上细粮的哈尔滨知青如至福地——起码在吃的方面有此感觉。

哈尔滨知青探家时，不分男女，皆尽可能多地往家带白面、豆油。若结伴探家，互相帮助，谁都能往家带四五十斤。若还有人接站，也有带更多的。而若一户人家有两名知青，那么每年便有一个儿女探家，每年这一户人家就会多吃到四五十斤白面。

我探家是从没有人接站的。我每次也至少带四十斤白面。有次居然带了八十来斤，装两个大旅行兜里，用粗绳拴在一起，下车后搭在肩上，步行回家。那是冬夜，当年没出租车，公交车也收班了，只能步行。走走歇歇，十几里远的路，走了两个多小时。累是肯定的，但一想到母亲和弟弟妹妹一年内可以少吃粗粮多吃白面了，觉得那份累太值得了。

我三弟也成为兵团知青后，我家从不缺口粮了，而且还成了经常吃白面的人家，那在当年是很受没有知青的人家所羡慕的。

作废的粮票

我从复旦大学毕业后分配到了北京电影制片厂，从单身青年到结婚到成为父亲，十八年间一直住在一幢筒子楼内。

那幢老楼离北影食堂甚近，五十步不到。所以十余年间，全楼的人家基本是吃食堂的人家，我家也不例外，一年到头去不了几次粮店，便很少用到购粮证。

忽一日听说购粮证取消了，粮票作废了，我竟独自发呆了半天——就在此前不久，我还用一笔稿费求人代买了整整一百斤全国粮票，打算给父母寄回哈尔滨去，让他们分给弟弟妹妹三家。弟弟妹妹和弟媳妹夫都是工人，怕他们粮食不够吃。

如今，每当看到或听到"粮"字，思绪往往会回到从前，感慨万千。关于粮票，最令我动容的乃是——几年前一位首汽的司机接我到文史馆开会，不知怎么一来，互相聊起了从前。他说，他父亲在极"左"年代受到过迫害，平反后，理应补偿工资。可当时须补偿的人多，国家没准备好那么一大笔钱，最后由北京某区法院代表国家，补偿了他家一千七百余斤全国粮票。他父亲看到那么多粮票几天后，撒手人寰。

（《作家文摘》2019年总第2221期，摘自2019年1月31日《解放日报》）

感恩一厘米

· 叶延滨 ·

新中国成立前十个月，我出生在哈尔滨，幸运地成为新中国的同龄人。也许缘于同龄，我们这一代人的命运与国家的命运紧紧相扣。回想一生经历，最重大的转折是我走出校门十年之后，终于赶上了恢复高考。

一厘米

上大学前，我在延安农村插队当农民，部队军马场当牧工，工厂当工人。"文革"结束，我被调到地委宣传部当新闻报道员，调令上有四个字"以工代干"。什么意思？好的说法，工人中选拔出来做干部工作。差的意思，不是科班出身，虽坐办公室，身份是工人。

听到恢复高考的消息，我去找部领导，要参加高考。部长听完我的话，瞪大了眼睛说："上大学干什么？学知识，学完干什么？还要回来工作！恐怕那时候，你现在的位子早叫别人占了！不就是'以工代干'嘛，好好干，过上一年半载，会给你转正的！"部长是真心认为我脑子进水了。我只好照常上班。

一天午后，我骑着一辆飞鸽牌自行车飞快地滑过家门口的坡道去上班。自行车刚穿出巷口，就听得头上传来一声恐怖而绝望的尖叫。我一抬头，有个男人在小巷边高高的白杨树上，锯下一根树干侧枝，在他的尖叫声中，侧枝正从天而降。我本能地捏紧自行车的双闸，接着便眼前一黑，被弹到了空中。

救护车把我拉进了医院，经过检查，骨头和内脏都完好无损，碗口粗的树干，齐刷刷地刮掉我一层皮，从鼻梁到两只手臂再到两条腿。大夫说："真悬！自行车再向前一厘米，一切都不需要了。"

考大学

很快，这个悲剧演变成正剧甚至喜剧。领导批准我在家养伤两个月，正好抽空补习，准备 1978 年高考。

我终于走进了 1978 年的高考考场，总分也还不错，只是大意失荆州，一贯擅长的语文分却最低。

语文作文是将一篇长文章删成六百字的报道。一看题目，我乐了，这不就是我天天上班干的活嘛。用笔勾勾画画，时间、地点、人物、事件、结果，检查了一遍都齐全，就交卷上去，也没认真数一下多少字。我心想：千军万马过高考，考官哪有工夫数多少字？天知道那回招生办动员许多大学生当义工来数这六百字。多一字扣一分，于是我的语文就扣成了六十八分。

北京广播学院在我们地区只招一名，这个六十八分，让总分第一的我也没完全的把握了。在研究招生简章时，我发现其中有一句"有特殊专长者优先"，便打肿脸充胖子，把自己在《解放军文艺》《诗刊》《北京文学》《陕西文艺》等报刊上发表的诗歌剪辑订册，送到招生办。这招灵，我考上了北京广播学院新闻系，被分到义艺编辑专业。

延安娃

在恢复高考的机会面前，我交了两份答卷，一份是高考试卷；另一份是我写的那些作品，证明我在基层十年的努力……

1969 年春节后，我到延安插队，住进生产队饲养员栗树昌老汉的家。他家境极穷，仅有一孔没有窗户的窑洞。我在这个家生活了一年，身上长满了虱子，学会了所有农活，唯一保持的习惯就是睡前要在煤油灯前看一会儿书。

1973 年，我在秦岭深处一家部队工厂政治处当"以工代干"的干事，我开始向刚复刊的《解放军文艺》和《陕西文艺》(原《延河》) 投稿。

年底我收到从《解放军文艺》寄来的一个厚厚的大信封，

竟是一年来寄去的稿件一件不少地退回，里面有编辑写的一封信，大意是说，我是他见到的最努力的作者之一，相信定会成功。签名：雷抒雁。

1974年春节后，我受《陕西文艺》邀请，参加陕西诗歌创作座谈会。兴冲冲赶到西安，到了会场才知道，我是与会者中唯一没发表过作品的诗人。主编王丕祥老师介绍我时说：这娃有生活，就是不太知道写作的规矩，让他来参会，向大家学习，我们还要请他到编辑部来帮助工作。说完了，又重复一句："这是我们的延安娃，我看是个好娃！"

当了见习编辑后，我可以凭主编的批条，到图书资料室借阅封存的资料，以便提高"批判水平"。我每次走进这个没有被付之一炬的图书资料室，就想：这是我的大学，我的文学圣地。

我在三十岁才走进大学，四年里，我以考试成绩均在九十分以上的全优，完成了所有学业。

我感恩时代给我机会，证明一个新中国同龄人应该是什么样。我感恩艰难岁月里那些让我走出人生困境的所有人。我感恩命运的一切，包括高考前那条小巷留给我的一厘米……

（《作家文摘》2019年总第2247期，摘自2019年6月22日《人民日报·海外版》）

我的"外准字001号"房本

·［英］卡尔·柯鲁克口述，单金良采访整理·

和新中国同龄

我的父亲戴维·柯鲁克，1910年出生在英国伦敦，1936年加入西班牙国际纵队，投身反法西斯斗争。1938年，他受共产国际委托离开西班牙来到中国，先在上海圣约翰大学任教，后转任成都金陵大学。在成都，他结识了伊丽莎白——我的母亲。我母亲1915年出生在成都的一个加拿大传教士家庭，她的童年和少女时代，有一半光阴在中国度过。成年后，她回到加拿大多伦多大学专攻心理学，1938年获硕士学位；此后，她回成都探望双亲，并深入中国西部农村开展调查。

也正是在这段时间，她和我父亲相遇并"有情人终成眷属"，从此相伴一生。

1947 年 12 月，父母以国际观察员的身份来到晋冀鲁豫根据地，先是调研了中国共产党领导下的土改运动，后又在由叶剑英、王炳南直接领导的中央外事学校（驻石家庄西部南海山村）工作。中华人民共和国成立后，他们又协助中国政府在中央外事学校的基础上创办北京外国语学院（今北京外国语大学），成为新中国英语教学园地的拓荒人。

1949 年，父母把我生在了北京，所以我算得上"根红苗正"的新中国同龄人。到了上学的年龄，我先是进崇文小学，后来又考进了北大附中。1969 年，当其他同学都忙着上山下乡时，我被派去海淀农机修配厂做了两年工人，而后又去了北京第一汽车修理厂当工人，一干就是四年，直到 1973 年随父母回到英国。

虽然我打小就知道自己长得不像中国人，但我觉得自己是个文化意义上的"中国人"，中文可以说就是我的母语，北京就像我的家乡一样。七岁之前，我几乎没有学过英语。其实，当时我父母都在北外教英语，但为了让孩子能够跟中国人正常交流，他们在家里都说中文，尽管说得并不流利。1957 年，当我随家人赴加拿大和英国探亲时不得不"临时抱佛脚"，去上英语补习班。记得刚到加拿大时，一位当地的华人出租车司机被我流利的汉语惊得目瞪口呆。直到去美国上大学后，我才算真正地融入了英语环境。

第一个在北京盖房子的外国人

1984 年，我终于又回到了中国。这回我的身份是西方石油公司驻北京联络处主任，负责煤矿业务。相比其他外国人，我算是个"中国通"，很快打开了中国市场。四年后，由于国际市场煤价大跌，西方石油公司退出这一业务板块，我又返回美国，做一些中国业务咨询方面的工作。

1994 年，在一位很懂葡萄酒的美国朋友的启发下，我们开始合伙做面向中国市场的葡萄酒业务，大概也是在中国经营葡萄酒最早的一家外国公司。当然，我没有把自己当成个酒商，而是推广葡萄酒文化的拓荒者。

经商不久，我买下了北京紫竹院附近一个破落的院子，并自己动手将它改造成了一座两层的中式仿古小楼。我的房本上印着"外准字 001 号"，我因此成为新中国成立以来第一个在北京盖房子的外国人。

说真的，拿到这"001 号"房子着实不易。其实早在 20 世纪 80 年代，我就琢磨着在北京买一座四合院，但管理部门不批，于是后来我就想了一个迂回的办法——借母亲的名义买房。我母亲虽然不是中国籍，但因曾为中国做出过突出贡献，被授予过北京市的"荣誉市民"称号。借着母亲的名义，最后我终于买下了这所房子。

这所院子虽然紧临西三环，却闹中取静。院北不远便是从颐和园流到城里的运河。买下这所院子十年后，有一天我在跟老邻居酒酣之时无意中得知这房子地下还有一个地窖，不过并不知道具体位置。经过几个星期的"秘密"勘察，我终于找到了地窖的入口，当时真有一种"芝麻开门"的神秘感觉。沿着陡直的台阶往下走，地窖里有四个小房间，里面的温度保持在十六摄氏度左右，湿度也非常适合保存葡萄酒。

这一发现让我欣喜若狂。做了十几年葡萄酒业务，我一直想建一个酒窖，结果"踏破铁鞋无觅处，得来全不费工夫"。从此，每当盛夏时节，我便叫上朋友们在凉爽的地窖里躲避北京的桑拿天，品品葡萄酒，聊聊中国文化，那叫一个舒坦。

（《作家文摘》2019 年总第 2256 期，摘自《纵横》2019 年第 7 期）

大地震给我留下的

· 冯骥才 ·

在我私人的藏品中，有一个发黄而旧黯的信封，里面装着十几张大地震后化为废墟的照片，那曾是我的"家"；还有一页大地震当天的日历，薄薄的白纸上印着漆黑的字：1976 年 7 月 28 日。

那一刻，我感到了末日

如果说绝望，那只是地震猛烈地摇晃四十秒的时间里。这次大地震的时间实在太长了。后来我楼下的邻居说，整个地动山摇的过程中我一直在喊，叫得很惨，像是在号，但我不知道自己在叫。

当时由于天气闷热，我睡在阁楼的地板上。在我被突如其来的狂跳的地面猛烈弹起的一瞬，完全出于本能扑向睡在小铁床上的儿子。我刚刚把儿子拉起来，小铁床的上半部就被一堆塌落的砖块压下去了。如果我的动作慢一点，后果不堪设想。我紧抱着儿子，试图翻过身把他压在身下，但已经没有可能。小铁床像大风大浪中的小船那般癫狂。屋顶老朽的木架发出嘎吱嘎吱可怕的巨响，顶上的砖瓦大雨一般落入屋中。我亲眼看见北边的山墙连同窗户像一面大帆飞落到深深的后胡同里。闪电般的地光照亮我房后那片老楼，它们全在狂抖，冒着烟土，声音震耳欲聋。然而，大地发疯似的摇晃不停，好像根本停不下来了。我感到我的楼房马上塌掉了。睡在过道的妻子此刻不知在哪里，我听不到她的呼叫。我感到儿子的双手死死地抓着我的肩背。那一刻，我感到了末日。

但就在这时，大地戛然而止，好像列车的急刹车。这一瞬的感觉极其奇妙，恐怖的一切突然消失，整个世界特别漆黑而且没有声音。我赶紧端开盖在腿上的砖块跳下床，呼喊妻子。我听到了她的应答。原来她就在房门的门框下，趴在那里，门框保护了她。我忽然感到浑身热血沸腾，就像从地狱里逃出来，第一次强烈地充满再生的快感和求生的渴望。我大声叫着："快逃出去。"

活着就是一切

过道的楼顶已经塌下来。楼梯被柁架、檩木和乱砖塞住。

沧桑岁月

180

我们拼力扒开一个出口，像老鼠那样钻出去。

跑出胡同，看到黑乎乎的街上全是惊魂未定而到处乱跑的人。许多人半裸着。他们也都是从死神手缝里侥幸的生还者。我抱着儿子，与妻了跑到街口一个开阔地，看看四周没有高楼和电线杆，比较安全，便从一家副食店门口拉来一个菜筐，反扣过来，叫妻儿坐在上边，说："你们千万别走开，我去看看咱们两家的人。"

我跑回家去找自行车。邻居见我没有外裤，便给我一条带背带的工作裤。我腿长，裤子太短，两条腿露在外边。这时候什么也顾不得了，活着就是一切。我跨上车，去看父母与岳父岳母。车子拐到后街上，才知道这次地震的凶厉。窄窄的街面已经被地震扭曲变形，波浪般一起一伏，一些树木和电线杆横在街上，仿佛刚遭遇炮火的轰击。电力全部中断，街两边漆黑的楼里发着呼叫。多亏昨晚我睡觉前没有摘下手表，抬起手腕看看表，大约是凌晨四点半。

我被深深地打动

幸好父母与岳父岳母都住在一楼，房子没坏，人都平安。待安顿好长辈，回到家时，已是清晨。见到妻子才彼此发现，我们的脸和胳膊全是黑的。原来地震时从屋顶落下来的陈年灰尘，全落在脸和身上。

从清晨到下午四点，一连去了十六家，都是平日要好的朋友。此时相互看望，目的很简单，就是看人出没出事，只要人平安，打个照面转身便走。

中午骑车在道上，我被一些穿白大褂的人拦住，他们是来自医院的志愿者，正忙着在街头设立救护站。经他们告我，才知道自己的双腿都被砸伤，有的地方还在淌血。这样，在路上再遇到的朋友和熟人，得知我的家已经完了，都毫不犹豫地从口袋掏出钱来。若是不要是不可能的，他们硬把钱塞到我借穿的那件工作服胸前的小口袋里。那时的人钱很少，有的一两块，多的三五块。我的朋友多，胸前的钱塞得愈来愈鼓。掏出来和妻子数一数，竟是七十一元。我被深深地打动！

大地震的第三天，我鼓起勇气，冒着余震，爬上我家那座危楼。我惊奇地发现，隔壁巨大而沉重的烟囱竟在我的屋子中央，它是怎样飞进来的？此刻，我只是举着借来的海鸥牌相机，把所有真实的景象全部记录下来。忽见一堵残墙上还垂挂着一本日历，那页正是地震的日子。我把它扯下来，一直珍存到今天。

（《作家文摘》2019年总第2263期，摘自《世间生活：冯骥才生活散文精选》，冯骥才著，人民文学出版社2019年7月出版）

一支派克钢笔

·秦嗣林·

　　1988年，一个再寻常不过的下午，我一如往常正在铺子里忙着例行事务，一位老先生推开大门走了进来，颤巍巍地从怀里掏出一支派克钢笔，表明要典当。派克钢笔是美国制钢笔，在二十世纪五六十年代曾经盛行，当时也是一种身份的象征。

　　我端详着眼前这位老先生，他虽然年近古稀，但是散发出一股有别于他人的文人气质，感觉投缘，于是我便先请老先生到办公室里坐着歇腿，沏壶茶请他喝。才一坐定，老先生便将钢笔递给我，在灯光下笔身透出长期在指间摩挲特有的光亮，虽然有些碰撞的痕迹，还是看得出使用者的爱惜之心。再转到背面，看见笔杆上面刻了"杨老师惠存"的字样。

　　一问才知，眼前这位老先生就是杨老师，杨老师的老家在山东，大学还没毕业就因抗日战争爆发，愤而投笔从戎，国共内战后就随着国民党部队逃到台湾。虽然没有毕业证书，但是由于当时台湾社会教育水平还没提升，一个大学肄业生已经算得上不可多得的知识分子了。于是他一退伍即转任代课老师，周游在各学校之间。

我一听他是个老师，而且还是同乡，亲切感油然而生，忍不住多聊了一会儿，便又接着问他："为什么要当这支钢笔？"

杨老先生答说："我现在年事已高，眼力也不好，没办法写东西了。与其放在身边，不如换一点钱。如果落在有缘人手上，至少可以写写字，钢笔的生命还能延续。"

问明前因后果，我感念杨老先生爱惜文具的读书人个性，虽然一支中古的派克钢笔值不了多少钱，而且被人买走的机会也不多，但还是马上就写好当票，将典当的八百元交付给他。

由于杨老先生无意赎回，所以三个月后，这支钢笔自然流当了。因此我便把钢笔从库房里拿出来，擦拭干净后，放进门市部的玻璃展示柜中。一年多下来，别说卖掉，连一个询问的客人都没有，渐渐我也忘了这支钢笔的事。

某日下午五点多，有个先生恰巧在当铺门口的公车站牌等公交车，闲着没事四处张望，就瞄到流当品的玻璃柜。他定睛看了一会儿，马上走进店里问："老板，柜子里那支钢笔可不可以看一下？"

我说："当然可以。"

他拿起钢笔反复细看，愈是端详，表情愈是复杂。等看到笔杆上的题字时，他突然神色大变，流下泪来，哽咽地问："请问当这支笔的人，是不是一位杨某某老师？"

一个大男人在我面前流泪，吓得我赶紧翻阅典当记录，果真来典当的人名字就如他所说。他一听情绪更激动。

　　我一面劝他喝点茶稳定稳定情绪，一面问他想起什么伤心事。他抹了抹涕泗纵横的脸，娓娓道来。

　　"我的爸爸是伐木工人，每天用劳力换取家里的开销。但在我就读罗东高中高三时，爸爸却因为意外不幸过世，只剩妈妈能够赚钱，家里顿失经济支柱。眼看联考（相当于高考）即将来临，但是妈妈的收入有限，实在无法养家。为了帮忙家计，我只有放弃学业一途。

　　"当年杨老师代了我们一年的国文课，他知道我的处境后，不愿看我就此失学，竟然执意帮我出学费，坚持要我把高中读完。我拼命念书，最后终于考上台北工专（现在的台北科技大学），后来也跟着当了老师，现在回到台北工专任教，总算没辜负杨老师的期望。虽然杨老师只教了我们一年，但是同学对他的印象很深，他的山东口音特别重，第一次上课时，全班没人听得懂他在教什么。一段时间之后，同学习惯了他的口音，才发现老师的国学底子十分深厚，能把枯燥的古文讲得生动有趣。于是在高中毕业时，全班凑钱送了老师一支钢笔，就是我手上这一支。"

　　我不禁动容，没想到一支看来毫不起眼的派克钢笔竟然饱含了一段跨越二十年的师生情谊。

　　读书人问我钢笔要卖多少，他想将它赎回。我听了连忙摇手说："这支钢笔对你意义重大，你要给我钱，我也不知道怎么收啊，而且也收不起。就当我送给你得了。"

　　接着，我也赶紧找出一年多前杨老师登记的地址，嘱咐他有空赶紧去探望老师，好好叙叙旧。

最后，这位先生还真的找到杨老师，甚至在几年后更召集了三十几位曾经受过杨老师教诲的学生举办了同学会兼谢师宴，还特地邀请我去参加。当天的场景温馨感人，我至今难忘。

（《作家文摘》2018年总第2140期，摘自《29张当票》，秦嗣林著，长江文艺出版社2012年11月出版）

酒香的日子

· 海飞 ·

我所居住的村庄叫丹桂房，属于诸暨县枫桥镇地界，主要的作物是朴素的稻麦，以及花枝招展的油菜。经常能看到村里人在冬天来临的时候做酒，一缸一缸地做，一缸一缸地吃。第二年的夏季来临之前，往往是酒没了，人还在。我十分钟爱村庄里飘荡着酒香的日子，像钟爱一个随风飘荡的民间故事。

"青光光"的年纪

每逢丹桂房村某户人家的红事或白事，我都是可以吃到酒的。我们尽管是贫穷的，但是我们的精神是富有的，我们变着花样找来酒吃。我们一般吃的是镇上国营酒厂生产的斯风黄酒，或者是绍兴生产的土绍酒。比方讲，我们送一个已亡人上山，兴奋得一路上都在燃放着二踢脚，在道士连绵不绝的胡琴声里，我们一边吃酒一边喊"喜丧喜丧"。或者我们把所有使不完的劲用来闹新房，相互之间吵得脸红耳赤。在农村很开阔的晒谷场，一字排开摆满酒席，开吃。

我仍然记得，我平生第一次也是唯一一次当"娘舅"，为我的表姐去一座叫江藻的小镇送嫁。那年我只有十六岁，是一个"青光光"的年纪。新婚当天，很多人热衷于去"闹伴娘"，我却兴奋地参与了吃酒与胡乱的划拳。在她的丈夫家，一坛坛的酒被吃完了，看上去就像是要和酒过不去。好多人醉了，就直接倒在了地上，一觉睡到天明。看到横七竖八的人醉倒在地的样子，我就想起了战争片里的场景。凌乱，血腥，安静，有蒸腾的水汽，数丈开外野花开放……

在中国的大地上吃酒，多么像一场壮烈的战斗。

敢醉的年龄

十七岁那年，我也是雄赳赳的，但是没有跨过鸭绿江，而是跨过了长江去当兵。部队会餐的辰光，我们几个诸暨老乡会去伙房偷酒。谁都晓得，军裤的口袋是很肥大的，两只裤袋可以各装一瓶啤酒。因为裤袋装着啤酒，所以我们走路的样子有点儿像企鹅。我们把啤酒偷到休息室，锁在柜子里，随时可以享用。

那时候，我是一个敢醉的年龄，每醉一次酒量就增一分。

终于我可以豪迈地吹啤酒瓶了，吹啤酒瓶的时候，我就觉得我是在战场上向着天空吹军号。我的脚下，战地黄花，呼啦啦地开遍了原野。

我的老乡孔有表告诉我，偷酒不好讲"偷"的，要讲"搬酒"。我们乐此不疲地搬运，显得十分生活，接近于最真实的人生片段。多年以后，我坐在办公室里一言不发地吃酒，抿一口酒以后是长久的静默。我在想，我们的一生，大概就是不停地搬运各种生活。

部队的那段年岁，像青瓜一样又青又脆。我们太寂寞了，所以集体爱上了吹牛。每次中队聚餐吃酒，好多人都吃醉了。特别是中秋节，所有人坐在操场上一边想家，一边为自己虚构一个女朋友，天花乱坠地说是村里的小芳，或者镇上的镇花，或者是厂里的头牌。这些传说中的美丽女子，都不约而同地爱上了我的那些战友。他们像小说家一样，虚构了一个个大同小异的情节，就是当兵时戴着大红花上车的时候，那个美人眼含热泪向他频频挥手。后来我终于知道，他们比我更像一名小说家。

不成样子的青春

2000 年的时候，我在《诸暨日报》当周末部的编辑，那段时间我吃酒吃得比较欢畅。我出差走到哪儿，我都愿自告奋勇地吃那么一点酒。吃醉的时候，我选择载歌载舞，还选择在地板上打滚，并且喜欢唱《男儿当自强》。我吃醉酒后不暴力，也不安静，我就那样在艺术的世界里徜徉恣肆，独自玩耍。

2005年，老大不小的我，从小县城来到杭州谋生。其时我的家小还在诸暨，我需要挣一些钱养家糊口。大概在2007年以前，我还是喜欢去杭州南山路上的酒吧坐坐的。坐坐当然不是坐着的意思，是吃酒的意思。我记得有一回我在一个酒吧里，自己把自己"坐"醉了，而且随即就吐了。那天我请了乐队里的黑人吃酒，他很勇敢的样子，和我干起了杯。最后这位黑得发亮的国际友人送我一件乐器，那乐器一摇就会沙沙作响，名字叫沙锤。我不是大醉的那种醉，最后还能认得回家的路。于是我一路都摇晃着那个沙锤，在沙沙沙的声音里，回到当时我居住的叶青兜。

有的时候，我也能吃一点儿白酒。比方讲，同山烧。在冬天的深处，大雪已经封门，我突然就想起了晦涩的青春。那一年我很不得志，觉得生活铺在自己的面前，也是一片灰黄。后来我去大奕村找我的战友魏红军。我们生起了取暖的火炉，然后我们开始大口地吃酒。菜凉了，就动手热一下。酒凉了，就赶紧吃下肚。后来我就看到所有的景物都在摇晃，于是我果断地大着舌头说："红军，地震已然来临。"

那个无比深长的夜晚，摇晃的不只是我的身体，摇晃的还有那堆明亮的火光，摇晃的还有我不成样子的青春。

我想起了我写在小说《惊蛰》里的情节，几个患难兄弟吃醉了酒以后，经常在一起唱歌：朝天一炷香，就是同爹娘。有肉有饭有老酒，敢滚刀板敢上墙。

酒事始终辽阔

我写过一部长篇小说，叫作《花雕》。也写过一部《花红花火》的电视剧本，改编自我的另一部也叫《花雕》的小说。为了写这些，我长久地在绍兴一个叫东浦的小镇逗留，那是一个真正的酒乡。我那么钟爱着这种黄酒，是因为我在村庄里生活着的那些年岁，吃了太多的黄酒。出差到北京的辰光，是可以吃牛栏山的，也可以吃二锅头的。在上海的辰光，可以吃一瓶石库门。在江苏，是可以吃到海之蓝的。在安徽，是可以吃到杨小凡先生的古井贡酒的。在厦门，能吃得上正宗的金门高粱烧。

但是等我们什么酒都能吃到了，最后所缺的往往是能扛得住酒的好身板。

如今，我在我十七楼的办公室里写字，吃茶，发呆，有时候还会打个盹，虚度光阴。办公室里的冬天是温暖如春的，透过狭小的窗口，偶尔也能看一看杭州城时而温婉时而气象万千的落雪景象。但是，我在绵长的莫干山路上看不到苍茫的大地，只能看到车水马龙，以及各种夹缝中的人生。我也晓得，我和我的青春已经十分遥远，但幸好，酒事始终辽阔。

（《作家文摘》2019 年总第 2229 期，摘自《惊蛰如此美好》，海飞著，广西师范大学出版社 2018 年 12 月出版）

赝品制作者们

·陈舜臣·

地主家的青铜器

大约 20 世纪 40 年代，我回台湾省亲期间，某中学作为建校纪念日的活动之一，欲举办一场艺术品展。据说是学校的某位大赞助商提出的想法，他是一位热心于古董的收藏家。听说也是想借此机会炫耀一番自己秘藏的珍品。

这是一所县立学校，活动中"县教委主任"是一定出席的，但据说这位主任是古董鉴赏方面赫赫有名的人物。那么，万一拿出来的展品过于粗糙，岂不是贻笑大方？于是学校决定在展出之前，请专家先过过眼。

校长请来"鉴宝"的是一位姓 Y 的老人。展品都是乡绅们的所藏之物，并没有什么值钱的。而就在此时，听说某地主家有一个很古老的青铜器想拿来参展。这东西名叫卣，是一种带提梁的盛酒器具。

　　Y 先生是福建人，似乎有那么一点儿瞧不起台湾的地方，他不相信台湾有真的青铜器。路上，Y 先生告诉我，关于青铜器的锈斑，如果用手指使劲捻搓，锈斑脱落的话那肯定是十分幼稚的赝品。因为经过数千年，青铜器的锈斑已经变得和石头一样坚硬，无论你怎么捻搓都安然如故。而赝品的锈斑则会附着于手指，也就立刻会露出马脚。这样一边说着，我们来到那位地主的家。

　　"这可是战前，我在上海的时候买的。"地主毕恭毕敬地捧出了那尊青铜的卣，放在桌上。那卣的饕餮纹，整体被青绿色覆盖，实在是漂亮极了。

　　我看着 Y 先生的脸，发现他什么表情都没有。过了一会儿，他像是自言自语地冒出一句"做得真不错"。地主的脸洋溢着得意的神情。我们留下一句，总之还要和校长商量一下，就离开了地主的家。

　　"怎么样呀？"我迫不及待地问道。

　　Y 先生做出一副轻蔑的样子回答道："那肯定是赝品呀。"

　　我问道："你说的'做得真不错'，意思是仿造得还挺像？"

　　Y 先生点了点头。"我只是不忍心让那地主太失望罢了。不过那物件实在是无法形容的做工粗糙的赝品。"

　　"可是，你并没有用手去捻搓呀！"

　　"根本用不着。那物件就是我姓李的朋友在天津做的。要说这位李先生的作坊出来的东西，我看一眼就知道了。什么呀，那个提梁的地方，居然是焊上去的，笑死人了。远古的青铜器用到了焊接，不可能的事嘛。"

奴隶的作品为何无法超越

返回日本的前几天，我在街上与 Y 先生偶遇。"如果你有空，就请到我家来坐坐吧。不远，就在附近。"盛情难却之下，我跟着他去了。没想到他的家宅相当宏伟，让我吃惊不小。

客厅中有一个很大的玻璃橱柜，里面摆放着各种古董。仔细一看，其中有一个青铜的觚。这是饮酒的器具，即杯子。其高度不足十五厘米，青绿锈斑浓淡不一，整体腐蚀严重，感觉会碎掉一样，花纹也看不清。靠近后仔细端详，那花纹是极简单的涡纹，勉强可以认出。

Y 先生是这方面的专家，其藏品当然是真品了。他在一旁微笑着说："和那位地主的东西相比，没那么漂亮吧？"

"再漂亮的东西，是赝品也没有用呀。"

Y 先生对殷墟，特别是对青铜器的作坊很感兴趣，与我屡屡提及这个话题。据说，殷代的百姓都生活在地下。在地上建屋居住的都是王侯。因此青铜器的作坊自然也在地下，那里由一个狭窄的通道连接着两个洞穴。一个洞穴放置坩埚，用来熔化铜水，然后经过通道将铜水输送到旁边的洞穴，放入铸模成型。其作业场所并不宽敞，加之通风较差，里面极热，可以想象制作青铜器肯定是一项挥汗如雨的艰苦劳作。

就是如此的环境和工作条件，以当时古代的技术竟能造出令人叹为观止的青铜器。于是，数千年之后的今天，在地上十分舒适的作业场所和技术进步的条件下，有人琢磨着制作赝品会更容易一些吧。但是很遗憾，如今却造不出来了。

我对此是百思不得其解。Y 先生解释：殷代青铜器的制作者是奴隶。他们从早到晚只做这一件事。奴隶们没有其他生活，也无欲望可言。准确地说，是不允许他们拥有什么欲望。所以，这一残酷现象把人类的某一面逼向了极致。"让奴隶一辈子只做一种事，那么他们可以完成普通人十辈子都无法完成的工作。"我能理解 Y 先生说这话的意思。

"姓李那家伙，简直蠢到家了。"Y 先生对赝品作坊的主人挖苦道，"制作那种一眼就能看出破绽的赝品，也只配卖给像地主那样的庸俗之辈了。"

赝品制作者的痛苦

那天，Y 先生含着笑说："制作赝品的人呀，很多都过于贪婪了。"随后，他恶作剧似的指着玻璃橱柜中的瓿对我说："这个也是赝品，是我另一个朋友作坊的制品。他一心一意地只做这类赝品。"

"我的这位朋友，其实一开始只是想做自己喜欢做的事。铸造师嘛，总是希望能拿出自己的作品。不过，做出来的东西能不能卖出去就难说了。但是，要想做出能卖出去的东西，没有足够的财力是不行的。结果，为了攒钱，他开始涉足赝品的制作。可谁承想，钱是越挣越多，搞得越发不可收拾。上了年纪之后，忽然寻思着难道就这样制作赝品直到死吗？马上就花甲之年了，我那朋友领悟到不能再这样下去了。后来，他下决心不再干制作赝品的行当了。这不，现在他开始做自己喜欢的工作了。"

"嗯，好像晚了点儿，不过，再也不干了总是好事，就像奴隶被解放了一样。对吧？"我有些轻狂地说道。

没想到，Y先生十分配合我似的随声附和说："对对，他总算获得了自由身。也多亏不再干了，人看上去好了很多，真的谢天谢地呀。但是，可能是长时间制作赝品的缘故吧，他反倒一下子做不出自己的东西了，现在很痛苦的样子。"

"不过，这痛苦好在也是普通人的痛苦。比起奴隶的愉悦，普通人的痛苦不知要好多少倍呢。"我说。

（《作家文摘》2019年总第2217期，摘自《陈舜臣随笔集：1964年的便笺》，陈舜臣著，中国画报出版社2019年1月出版）

第四章

风雨流年道不尽

我早年的职业演出

·英若诚·

我父亲很喜爱中国传统的京戏，每星期天都带我们去看戏。回来后，我们几个孩子就试着模仿，自己演京戏。有时也杂耍。我们通常选武戏，因为我们都受不了清唱那部分。最喜欢的剧目有《大闹天宫》，还有《武松打虎》。我们兄弟五个自己设计服装搞化装，有时候特殊场合，我们的两位姐妹也会参加。可若雅光是看。她当时大概十六岁，而其他孩子都在两岁到十二岁之间（若娴当时还没出生）。我们开始这些演出时我也就七八岁。

雇兄弟姐妹表演

我们请邻居来看，收他们一人一个大子儿。他们中有些是很有学问的教授，所谓"大知识分子"。过年的时候，英家其他几门的堂兄表亲也会来看演出。从某种程度上讲，尽管我自己也是其中一个演员，我的兄弟姐妹们实际上是在为我打工，因为我同时还是经理或是制作人，组织演出，发演员包银。过年大人给每个孩子红包，里面装钱，所以我们每人都得到点压岁钱。演出后给每位兄弟姐妹发完工钱，我就成了孩子中最穷的。但我知道我在母亲面前耍点小脾气就能把钱要回来。

"为什么不高兴？"她会低头问我，"过年了，人人都高兴，你怎么回事？"

"没事，没事，别问我！"我嘟囔着。

"过来，跟我说实话。"她会说。

我就会回答："我的钱都给了大哥、二哥，我自己没钱了！"

"什么？"她难以置信。

"他们说演戏就要给钱。"我解释道。

我母亲大发脾气，把他们都叫到面前。"你们拿了他的钱？"她责问道。

他们只能回答："是，可那是我们演戏得的……"

"胡说！"她大声说，"把钱还给他！"

所有的钱又都回到我的手上。

不用问，我的兄弟姐妹们对我非常生气，恨不得"杀"了我。但这其实还是一报还一报，他们并不真的需要演戏的钱。他们拿了钱也没什么东西买。他们就是想坑我一回，反而让我给坑了。谁是谁非争到最后，究竟是他们从我这儿拿钱，还是我自愿给了他们之后又要了回来，小孩们全糊涂了。

通常出现这种情况是因为我需要买通他们。我会说："如果你答应演猪，我演猴，我就给你钱……"因为我每次都想演猴王孙悟空。

可以说我当时就干上导演了，给自己分发了个男一号的角色。兄弟们给我起了一个绰号"小曹"，意思是《三国演义》中的曹操，因为他是三国里最狡猾多智的。

形体训练

我父亲不但培养了我对中国戏曲的兴趣，还给我介绍了西方的戏剧以及有特定风格的体育形式，如拳击。他有个朋友是职业体育教练，他们叫他苏老师。我父亲对西式的拳击十分感兴趣，就聘任了苏老师到辅仁中学（我父亲是校长）任教。苏老师设计了一套二十四位法，那是设定二十四种人体的姿势作为所有运动的基础。我三岁时，我父亲就带这人到庆王府来教我这些运动技巧。我跟着他练了三年，后来附近的日本人开始好奇，把我们的练习画下来。我父亲知道了相当紧张。苏老师编的这些锻炼身体的练习是我接受的最早的形体训练。

我父亲那阵儿学着写剧本，一些哑剧的小品，用来加强这种哑剧训练。我记得有些还真不错，是根据查理·卓别林之类的艺术家而创作的，我很喜欢演给他看。

祭坛侍童

我最早的表演经历是在北堂里当祭坛侍童。我们教区的牧师是最先雇我在不同弥撒里进行独唱。作为祭坛侍童，我对拉丁文的祈祷及赞美诗背得滚瓜烂熟。尤其出色的是我那清澈嘹亮的童声高音。我们家这么多兄弟，我是唯一在弥撒上唱歌的。原因很简单：钱。教区牧师见到我就会笑逐颜开，摩擦着双手，把我拉到一边，付上我一个铜钱在婚礼或葬礼弥撒上唱圣诗。我的艺术创作就值这么多。

我记得开始时，从牧师那里拿钱我还有点难为情，但他摆出生意人的样子说："这是你唱歌挣的，你有一副好嗓子！"我就拿了钱。有时我会带些朋友一起去试试他们的运气。

一个铜钱在当时还真是钱。它值二十三个大子儿，即意味着弥撒后我可以去享受我最喜欢的北京小吃。1912年废除帝制时，原本皇宫里的御厨被遣散了，其中一些有特别手艺的厨子也就散落到了民间。

他们在北京开了自己的买卖。我大约十岁的时候，是我唱歌最忙、赚钱最多的时候。我最喜欢的点心是豆子做的"猴儿蹲稀"，里面有蜂蜜，这种点心有各种形状，可以拿着捏玩，最后吃掉。现在这些都消失了，取而代之的是有很多奶油、又馊又腻的西式蛋糕。讲究店里也就"仿膳"还做这种老式的糕点。这店最初是由帝制废除后御厨里的厨师们兴建的，他们对用什么样的原材料特别讲究。"仿膳"的总店在北海的湖边，在北京有好几家分店。

在天主教婚礼上唱歌

十岁时的我受雇于牧师在做弥撒时唱歌。可早在我六岁时，就已经开始受雇在西式的天主教婚礼上跟着婚礼的队列穿行过道。其原因大概是，我小时候长得漂亮，这一事实也不知为什么现在没人相信。我有个表姐长我半岁，人家长得那真是漂亮，天生鬈发，在中国女孩中十分稀有。我们俩经常被人邀请去联袂出席婚礼，因为我们这样一对俊男靓女给人一种小天使降临的气氛。我母亲在我们出席这样的场合时每次都会给我们做新衣服。有一次，我带了《冯特洛小爵士》一书去裁缝那里，告诉她我母亲要她按书上的样子给我们做衣服。表姐和我变得小有名气，这可能跟父亲的地位以及过世的祖父被教皇授予爵位有关。教区的教民们很尊敬我们这家人，所以有我和我表姐出席他们的婚礼对他们来说是很荣幸的事。我们什么也不用干，光装可爱就收钱。我们并不拿戒指持花，只等人告诉我们什么时候走上教堂的过道。什么叫不劳而获啊？我们什么事也没干，就管收钱，收得自己都不好意思了。那得算我人生中最早的职业表演。

（《作家文摘》2017 年总第 2005 期，摘自《水流云在：英若诚自传》，英若诚、[美]康开丽著，张放译，英达译审，中信出版社 2016 年 1 月出版）

我的第一次登台

·单田芳·

　　我生在天津，后来跟着家人到沈阳。外祖父王福义是最早闯关东的那批民间艺人，我母亲唱大鼓，父亲是弦师，那会儿艺人们演出都不卖票，说完一段书，拿个小笸箩，下去给人敛钱。人家爱给就给，不给钱也没辙。当时我心里觉着，这跟要饭也没啥区别啊，我可不愿干这个。

　　解放后，我想念书考学。1953 年高中毕业，东北工学院和沈阳医学院都给我寄了录取通知书。我想当医生，可是赶上得场大病，上不成学了。家里人说，你还是学评书吧。

媳妇成了我的辅导老师

　　如果我没有记错，我是 1955 年到的辽宁鞍山。鞍山的评书演员和大鼓演员很多，加在一起有四五十位，既给了我广大的学习空间，也为我早日登台创造了好条件。我生活虽然不愁，但全靠老婆挣钱养活，深感愧疚，早就发誓一定早日登台早点挣钱把这个家支撑起来。所以到鞍山不久就向曲艺团领导提出登台说书的要求，师爷赵玉峰也极力推荐我。

那时候要求登台的有好几个人，为此曲艺团专门举行了一次测评考试，还请文化局艺术科的领导参加。为顺利过关，我攒足了气力在家里备课。那时老婆王全桂已经怀上了我女儿慧莉，我每天在家摆上一张桌子，前面竖一面大镜子，对着镜子说书，全桂就成了我的辅导老师，一边听一边给我挑毛病。有时同行老前辈从门前路过，被我们发现了，就把他请到家中做指导老师。

我准备了一段评书，叫《师徒斗智》，这个段子引用《明英烈》中的一段，为了这个段子我铆足了劲儿，可以说是倒背如流。考试那天，我一举拿下了第一名。

没登过台的"著名评书演员"

过关之后我要求上台说书，当时鞍山有七个茶社，每个茶社分早中晚三场，可是没有位置腾出来叫我去说，怎么办呢？曲艺团就开创了板凳头儿的先例。什么叫板凳头儿呢？就是正式演员说早中晚三场评书，人家属于正场，时间又好，钟点又正；晚场没开始之前和中场结束之后，那段空暇时间就叫板凳头儿。领导批准我在前进茶社说板凳头儿。

当时正是冬天，眼看快过春节了，曲艺团为了进行宣传，在大街小巷贴出大红海报，上面写的是前进茶社特请著名评书演员单田芳，于正月初一演讲《大明英烈》，风雨不误欢迎听众届时光临。您听听这真是忽悠，我连台都没登过，哪算著名评书演员？其实这就是商业运作。我走在街上看着这些海报，心发跳，脸发烧，非常不自在，压力油然而生。

一口气说了两个多小时

转眼到了正月初一，下午三点多钟的时候，我换好了登台的衣服，拿着扇子、醒木，披上棉大衣，赶奔前进茶社。等进茶社之后，屋里头热气腾腾，因为是春节放假，听众比平时多得多。当时正场还没结束，演员是我同门的师姑叫张香玉，那会儿，我的心几乎从嗓子眼儿里跳出来，又怕时间到又盼着时间到，心里矛盾极了。正在这时候，我听见师姑张香玉说："各位都别走，下面还有评书演员单田芳给你们说一段《大明英烈》。"说完下了台，走进休息室。她怕我紧张，就安慰说："别怕，赶紧上台吧！"于是我把牙关一咬心一横，装作若无其事的样子登上了讲台。

板凳头儿是四段书，每段三十分钟，按规定，每说完三十分钟，演员就要休息一会儿，观众也好活动活动，上上厕所。可我太激动了，把这些都忘了，一口气说了两个多小时，忘记了休息，忘记了停顿，虽然是数九隆冬，我浑身上下全都是汗。正在这时，茶社的赵经理来到书台前，敲着书桌提醒我说："单先生你跑到这儿过书瘾来了，你看看都几点钟了？"一句话把我点醒，惹得听众是哄堂大笑。我急忙说："对不起对不起，今儿个就说到这儿吧，如果您愿意听我明天接着讲。"

这第一关终于叫我闯过了，如释重负。

我也能挣钱了

散场之后，我问赵经理："我说得咋样？"

赵经理开茶社多年，什么样的高人都会过，他说："还行，就是口太急了点儿，叫人听得心里忙叨，再说的时候你节奏要慢一些。"

我还记得第一天登台，我挣了四块二毛钱，因为当时还没有合作，基本上都是单干，除了上交部分公基金、公益金之外，剩下都是自己的，这四块二毛钱，意味着什么？当时大米一斤才一毛八，猪肉四毛五，鸡蛋一个平均也就三分钱，如果老保持这个纪录，就说明每个月可以挣一百多元，比当技术员工程师强多了。我腰也挺直了，愁云也散尽了，走路也轻快了，那个高兴劲儿就甭提了。

回到家之后我把钱往全桂身边一放，非常自负地说："怎么样，我也能挣钱了，从今之后，你就在家看孩子吧，我可以养家了。"

全桂冷笑说："你美什么，说评书这种事，得拉长线看活，不能看一天两天。"

我说："你放心吧，我绝对有信心。"

（《作家文摘》2019年总第2224期，摘自《言归正传：单田芳说单田芳》，单田芳著，中国工人出版社2018年9月出版）

"戏是我的天"

· 裴艳玲口述，郭海瑾整理 ·

在后台长大

在我的记忆中，我与戏有着不解之缘。

从我记事起，我就是在后台长大的。我的父亲裴聚亭是唱京戏的，母亲唱的是河北梆子。从小我跟父亲生活在天津，也便跟着他去演出。一岁半的时候，我就记得演出的后台真是好看得不得了。那时候我最爱看的也是旦角戏，觉得她们头上戴的特别美，甚至还学了一出《红娘》，半出《玉堂春》……

四岁半之前，我的童年生活就是"游戏"于广阔的后台。每天只有等戏班下了戏，前台才成为我们小孩子的世界，台上练功夫，划定各自的区域，比赛扫腿……成为我们的日常必修课。四岁那一年，我父亲和母亲就在同一个剧团里演出了，这

209

个剧团不仅唱京戏，还唱梆子。记得一次，父母带着我到山东演出，演的是梆子戏《金水桥》，演秦英的演员临上场前得了急性盲肠炎，无法登台。但是，水牌都挂出去了，怎么办呢？就在大家急得团团转的时候，我说"我来演吧"。就这样，我便登台了。也是从那时候起，我开始接演一些"小活儿"了——《金水桥》的秦英、《三娘教子》的薛倚哥等。到了五岁，我就开始偷着练功。有一天，被我父亲撞见，一看我练功，就急了："可不能干这个，太苦了！"但是我喜欢，只要他不注意，我就学，我父亲平时唱的《虹霓关》《柴桑关》《嘉兴府》这些小武戏，我耳熟能详。一次，我无意中就学了《柴桑关》。大人们就说："这孩子挺好，来一出吧。"后来便给我扮上了，穿了一件我母亲的白色大襟袄，从中间一豁，像一个小白箭衣。这一唱就收不住了，一下子上瘾了，《柴桑关》《汤怀自尽》《追韩信》《徐策跑城》都成为我学习的目标，一直唱到七岁，才开始练功。

父亲也不再阻止，甚至还给我请了老师。我的第一个师傅叫李崇帅，是山东济南府小富连成科班的。李大爷跟我父亲关系很要好，所以后来成了我的师傅，我还依然喊他为"大爷"。那时候拜师很简单，我没磕头，先生也不到我家吃饭，只喝了一杯茶。我父亲跟先生说了句："大哥，这个孩子我就算托给您了。"就这样，我算拜了师。

在我九岁的时候，先生已经给我说了几十出戏，《群英会》《借东风》《龙凤呈祥》《伐东吴》《柴桑关》《哭灵牌》，包括猴戏《安天会》也说给我，他经常说"这个戏你要学，它是练白话的"。甚至《一捧雪》《长坂坡》他也会，全都讲给我。

　　真正叫"师傅"的是崔盛斌先生，他是当时著名的大武生。事情还要从我九岁那年说起。跟着李崇帅大爷学了两年戏后，我便出去演出了。去的第一个地方正是"京剧窝子"——山东济南，家家户户都爱听京剧。记得第一天演出的时候，李大爷没有到，我父亲只好带着我去了，但他又演不了文戏，怎么办呢？我就自告奋勇，从《群英会》到《借东风》再到《伐东吴》，最后是《龙凤呈祥》，全部都是我演的，因此一下成名。

　　红了之后，转战河北，到了束鹿县（今辛集市）。束鹿县也是个"京剧窝子"，很多年没有断过剧团演出，唱的还都是京剧，后来也因此进了束鹿县京剧团，这一待就是三年。到1959年，我十二岁，便开始带团到天津演出了。

　　演了一个月，红透了整个天津。崔盛斌先生注意到了我。他看了我唱的《群英会》《借东风》和《甘露寺》，就执意要收徒。他看我的情况，觉得光在天津还不行，还要跑上海、武汉等，得到这些地方观众的认可，那才能成"角儿"。于是，我父亲一听有道理，又是一位名家要收，自然愿意。就这样，他便成了我行过拜师礼的师傅，也是我的第二位授业恩师。

　　也正因此，1960年我调到了河北省河北梆子青年跃进剧团（后改称河北省河北梆子剧院），开始转行河北梆子。

我真正的生命是在舞台上

　　记得那是1960年正月，按照省里的要求，父亲带我去河北梆子青年跃进剧团报到。其实，之前是不知道要改唱梆子的，等到了剧团才知道，当时就想一走了之。但是省级大院团不是想来就来、想走就走的，只好"既来之，则安之"了。

我之前唱的是京剧，如今要改成梆子，在发音方法、技巧上就有很多差别，因为以前受过严格的训练，武功也扎实，还唱过一些昆曲，于是我就被分到了武生组。

也许是天意，但今天看来更是缘分。在这里，我遇到了对我一生都很重要的人——郭景春。他既是我的老师，又是我如今的伴侣。郭老师早年从师于李兰亭，在当时北方戏坛名武生中占有一席之地。那时，为响应省里号召，他在河北梆子青年跃进剧团担任教师。从那时候起，在郭老师的教导下，我学会了《八大锤》《夜奔》《石秀探庄》等名戏。这年6月，剧团便推出了以郭老师任武打设计和排练教师的新戏《宝莲灯》，我饰演沉香，一炮而红。

也是在1960年，中央首长还特意看了我演的《闹天宫》《宝莲灯》以及《八大锤》，基本上认定我是梆子剧种的女武生，其实我是老生坐科，只是出名在武生。可是，我的嗓子还是够不着梆子的腔，没办法跟梆子接轨。唱了四年后，就开始演现代戏了。"文革"期间，样板戏盛行，女的不让演男的，我就没戏演了，甚至还一度改了行。

"文革"后期，对于二十八岁的我来说，心态上有很大变化，出于年龄原因，我都想随遇而安、得过且过了。但自己跟自己较劲，我没有武生的嗓子，那偏要唱一唱试试，就把《哪吒》《钟馗》《南北合》等按京剧的板式往里套，套了一出又一出，发现还真是别有一番韵味。

1982年，我正在拍戏曲电影《哪吒》，这是河北电影制片厂和北京电影制片厂联合制作的，说要给我一个演出团，后来这个团也跟随我参加了1986年香港第一届艺术节。当年《哪吒》一经上映，观众就被吸引了，火遍大江南北。

其实，《哪吒》《钟馗》《火烧连营》这些都是改良的梆子。比如《火烧连营》，前边"黄忠带箭"，我还可以唱梆子，一到关兴就唱京剧了，到"哭灵牌"更是京剧。我从1985年到1989年这几年，到哪儿演出基本上都是京剧、昆曲和梆子，一直这么唱。

尽管在20世纪80年代拍了几部戏曲电影，但戏是我的天，我仍以舞台为主，以舞台为生。我真正的灵魂、真正的生命是在舞台上。

回归京剧

1997年7月，河北省京剧院裴艳玲京剧团挂牌成立。在河北梆子领域历练了三十七年的我重新回归京剧，原业归宗。

回归京剧，不仅是我的愿望，还是我父亲最希望看到的，可惜他一直没有等到。如今回到京剧，我更是给自己设定一些目标，每出戏要有所进步，有所创新。

排《哪吒》，我学会了耍彩带、大藤圈、锤、九节鞭等。九节鞭我是跟河北的一个体育冠军李春来学的。教完我后他很得意，把九节鞭送给了我。拍电影时用的就是他送我的九节鞭。

排《钟馗》前，我不会拿毛笔，不会写毛笔字。那段时间，只要见了书法家我就让人家写"一杯梅花一树诗"那四句诗，看人家怎么写，怎么布局。直到见到娄群儒先生，我取法了他的版本。为了写好那二十八个字，每到一个演出点，我都带着一张板子，下了戏之后我就在屋里练。这样，排《钟馗》，我就能写好了。

排《赵佗》，我又学了打鼓。小时候，我学过《击鼓骂曹》，唱念都没有问题，但是因为我是"阴阳锤儿"，手不好使，这个戏始终就没唱。在束鹿县京剧团时，我看过孟幼冬唱这出戏，她这出戏特别好。我也想唱，但是我击鼓不行，父亲不让我唱。我觉得，怎么连这个问题都解决不了呢？就没完没了地练，包里经常带着鼓槌儿，时间长了，还把包顶了个窟窿。

要想达到目的，就要锲而不舍地努力。其实我学打鼓，二十五年前去米兰的时候，就开始练习，没事就敲。那时候还不行，怎么敲也不行，练它需要功夫，还挺难的。一般人有一只手好使，另一只手不好使，力量一只大一只小，所以我管它叫"阴阳锤儿"。练了很多年，不得法。后来我就下决心，拜"小字辈"为师，跟我们院的鼓师学。一天教我一个点儿，一个星期我努力学才能记住三个点儿，一段"夜深沉"，学了两个多月，每天回到家还要复习。两段鼓，一直学到 2013 年我去杭州讲学，每天上午还要坚持练习一个小时。在饭店里，把枕头、毛巾、毛巾被一铺，我就开练。到排演《赵佗》时，这两套鼓就用上了。

（《作家文摘》2019 年总第 2219 期，摘自 2019 年 2 月 23 日《人民政协报》）

《陈奂生上城》逸闻

·陈大康·

　　我担任华东师范大学中文系系主任时，曾聘请上海作家协会副主席赵长天任兼职教授。聘任仪式后，赵长天发表关于文学创作与评论的演讲，其中提到高晓声的《陈奂生上城》发表后关于主题讨论的趣闻，引起了听众极大兴趣。

主题众说纷纭

　　赵长天告诉我们，在党的十一届三中全会后，农村贫困面貌开始改变，在描写这一重大历史性转变的作品中，发表较早的《陈奂生上城》问世后即受到关注，它获得1980年全国优秀短篇小说奖，后来被选入中学语文教材。作品受到评论家们的关注，但小说的主题却被议论出许多种。激烈的争论使小说的主题云遮雾罩，游移不定，令人无所适从。

就在这时，高晓声来到了上海，意见分歧的评论家们自然要拉住他谈谈作品的主题，这次座谈会正是由赵长天主持的。

会上，评论家直截了当地询问高晓声，《陈奂生上城》的主题究竟是什么。可是谁也没料到，高晓声的回答竟是："主题？没想过这个问题。"评论家们闻言一愣，很快又表示理解，因为作家都比较感性，可能确实没考虑过这类较抽象的问题。于是又有人换了个角度询问："那你为什么要写这篇小说呢？"可是高晓声的回答又使评论家们一愣，他说是因为"好玩"。

仅凭这可归纳不出什么主题，冷场了一会后又有人问："写这篇小说究竟好玩在哪里？"

揭秘创作冲动

接下来的座谈会变成了高晓声的主讲，他介绍了这篇小说的创作过程，让大家体会究竟"好玩"在哪里。

时间回到了 1979 年。自 1957 年被错划为"右派"、遣送到武进农村"劳动改造"以来，高晓声已当了二十多年的农民。党的十一届三中全会后一天，高晓声收到来自四川某高校的信，邀请他前去讲学。邀请方知道高晓声此时经济较为窘迫，在信中明确讲清楚交通费、伙食费等诸项支出都由他们承担。高晓声收到信后很激动，自己沉寂了二十多年，学界并没有忘记自己，这也是他平反后收到的第一封邀请函。激动之余，高晓声又仔细阅读邀请函，突然有了惊人的发现：信中并没说明住宿费由谁承担。既然已具体开列了诸项费用，那么不在其间的住宿费应该是自己承担了。高晓声开始犹豫了，住宿费会是多少不清楚，靠自己那点经济实力恐怕没有能力承担，他甚至想谢绝邀请。后来转念一想，外界没人知道自己仅仅是因纠结于住宿费的支出，不得已而谢绝，大家肯定会留下高晓声这个人请不动的印象。平反后第一次亮相便是如此，这会在学界产生怎样的影响？高晓声反复考虑后，最后下了决心：去！

高晓声来到成都，邀请方接站后将他送到金牛宾馆休息。这是四川最好的宾馆，占地六百三十余亩，不久前刚由邓小平题写馆名，党和国家领导人毛泽东、周恩来、刘少奇、朱德，以及外国元首金日成、西哈努克等人到成都，都是在这里下榻，因此它被称为四川的"国宾馆"。

抵达金牛宾馆后，仍然还是农民的高晓声就被园亭楼阁的气势震住了，更纠结于住宿费的支出。后来他偷偷地打听了房价，不由得又是一阵震撼：怎么住一个晚上就得花这么多钱，自己得用多少日子去挣那些工分？他心里感到非常不平衡，回到房间后就有了些冲抵不平衡感的举动。

当然，后来误会解释清楚了，邀请方知道高晓声目前还是农民，压根没想过要让他承担住宿费。高晓声心中的石头落了地，这时他开始反思：自己还是个有文化的人，在房间里却做出了那些冲抵不平衡感的举动，如果一个农民住进了金牛宾馆，他又会有怎样的想法和举动呢？高晓声产生了创作冲动，决定写这样一篇小说，而作品中的农民主人公，就取名叫陈奂生。

高晓声告诉在座的评论家们，他动笔后很快就卡住了，因为找不到合乎逻辑的理由让陈奂生住进金牛宾馆；换成一般的宾馆，情况依然如此，陈奂生也不愿意去花这个冤枉钱。高晓声想来想去，最后不得已选定了县招待所，它的档次最低，已经不能再降了。从情节安排上看，住县招待所比不上住金牛宾馆那样刺激，但一个晚上要花费五元钱，对农民来说仍然够心疼的，这样写来效果也不会很差。不过要让一个农民自费住进县招待所也得有个理由，需要有铺垫性的描写。于是高晓声先设计个情节，让陈奂生进县城去卖油绳；又设计个情节，没戴帽子的陈奂生被冷风一吹，受凉发病了；再设计个情节，县委吴书记看到睡倒在车站的陈奂生，在一番治疗后，当他还稀里糊涂时，用车将他直接送进了县招待所。高晓声告诉大家，设计这么多情节只有一个目的，那就是将陈奂生送进县招待所。一旦送进了县招待所，下面就好写了，因为陈奂生所做的那些事，自己在金牛宾馆都干过。

主题与意蕴

评论家们听到了闻所未闻的故事，真没想到，作家的创作冲动竟然是源于这段几乎有点离奇的经历。介绍了自己的创作过程后，高晓声便问大家："你们说好玩不好玩？"大家都说"好玩"。高晓声又问："我已经说完了，现在你们谁能告诉我，我这篇小说的主题究竟是什么？"评论家们可没办法根据作家的这段经历归纳出什么主题，他们面面相觑，一言不发，散会。

《陈奂生上城》发表后，高晓声曾多次被问及作品的主题，不胜其烦的他后来还特地写了篇《且说陈奂生》作回应。高晓声根据创作实践经验写道："所谓作品的主题思想，对于作家的创作来说是没有多大意义的，创作实践证明作家只能忠实于生活而不能忠实于预定的概念。"评论家们关于主题的讨论还被他视为"让生活穿小鞋"。高晓声在文中还提出，"一个作家的作品，不一定都有明确的主题思想"。

近二十年来，文艺理论教材都不再谈论主题，而强化了对"意蕴"的论述，正是当年像《陈奂生上城》这一类作品关于主题的无结果讨论，导致了文艺理论教材的重要改动。

（《作家文摘》2020 年总第 2303 期，摘自《世纪》2019 年第 6 期）

故乡与《废都》

·贾平凹·

秦 岭

我从小就在秦岭，老家就在秦岭南坡，原来的作品以故乡商洛为写作的根据，但商洛基本是秦岭一个界。随着写作的深入，这个界一直在扩大，扩大到秦岭。六十岁以后，基本以秦岭为背景写的东西更多了。

秦岭，我觉得它是一个龙门，横卧在中国腹地，它是提携了长江和黄河的，统领着北方和南方的中国最伟大的一座山，也是最有中国味的一座山。

当年我十九岁的时候离开家乡，就是翻过秦岭到的西安，西安也就在秦岭的另一个界线，反正一生都是在秦岭，生在秦岭，长在秦岭，工作生活在西安，它也是秦岭山下，所以和秦岭的关系是没办法割裂的。

商　州

年轻的时候写作，不知道怎么个写法，很冲动，老想写。可以说早期作品模仿、借鉴的成分更大一点，根本没有想到要写我的老家。

我把自己这个时候定为"流寇罪"——像流寇一样，打一枪换个地方，跑到这儿抢一把，跑到那儿收一把。我说这样下去不行，才产生了想法。对我来讲最熟悉的是什么地方？恐怕只有我老家。

我就开始几次返回商洛。商洛一共七个县，基本上我都跑遍了，回来就开始写。在商洛的历史上，曾经叫过一段时间商州，我就开始写商州，就是后来发表的《商州初录》《商州再录》《商州又录》，出书叫《商州三录》。这书当时出来以后反响特别强烈，也给我好多鼓励，从那以后就不停地回商洛。

《商州初录》刚出的时候，当时文学界评价特别高。但同时在商洛地区反倒是批判的，好多批判我的，说我把农民的垢甲搓下来让农民看。商洛地区组织过一个批判会，觉得我写商州这些东西不真实，是揭露了阴暗面。对我当时来讲，产生了很大压力。包括当时拍的电影《野山》，是根据我的一个中篇改的，在全国也产生了很大影响，获得了"金鸡奖"，但商洛也在批评，说你怎么能写成这样，好像是侮辱老乡一样。当时我也觉得很委屈。

从二十多岁写到现在，我一生的作品争议是最多的。每一个时期，每一个阶段，基本上出现两种，要说好就特别喜欢，好得我都不相信，也同时说怎么不好，攻击你，但攻击我也不服气。就是这样一直争辩，一生都在伴随着。后来争议最多的就是《废都》，那是下一部。

父　亲

父亲来看我的时候，我正受到批评，而且很激烈。我那个时候年纪小，也惊慌失措。父亲一直是语文老师，在"文化大革命"中受到冲击，他看得多了，知道为写文章受灾难的人太多了，一旦犯了这个事，就永远翻不过身了，所以他特别紧张。

父亲到城里来看我，专门拿了一瓶酒让我来喝，而且那时候我也抽烟，父亲也知道我抽烟，只是不说破而已。他抽烟绝不给散烟，但是我父亲那一次给我散烟了。父子俩在那儿抽烟喝酒，其实啥也没说，但是心照不宣。我父亲担心孩子把政治前途丧失了。

其实我那个时候还没想到政治前途受什么影响，我最担心的是不让我写作。我说只要我手里的笔收不走，我就不怕。有些地方你批评得对，有些地方你批评得不对，我以后有则改，无则继续写，我总有一天要写得让自己满意，大家满意，这是当时下的决心。

1988 年、1989 年、1990 年这几年，一方面父亲去世，家里发生好多变故，另一方面自己得了肝病，身体状况常年不好，几乎每年都在西安住几个月的医院，把西安所有医院都住遍了。当然精神也很苦闷，不知该干什么。

父亲去世对我打击特别大，那时我三十六七岁。现在回想起来，父亲也没有跟我享过多少福，因为那个时候我条件也不行。父亲最大的满足就是我发表作品以后，他在外头收集我在哪儿发表的作品。后来他周围的朋友、同事一旦发现报刊上有我的文章，就拿来给我父亲，他一高兴就开始喝酒。这是父亲晚年的时候唯一的精神支柱。

《废都》

写《浮躁》的时候，我在前言里专门说，我以后再不用这种办法来写小说，这种办法还是 20 世纪 50 年代传下来的现实主义写法，全视角的写法，还有典型环境、典型人物的那种痕迹，我说一定要变化。但在哪儿变，当时自己也不知道。我得重新上路。这就写到《废都》了。写《废都》，就把自己生命中的好多痛苦、无奈、纠结，和当时社会上好多东西结合起来完成了。

《废都》是流浪着写的，基本上我四十天就拿出了初稿。作品写完后，前半年可以说是好评如潮，之后就全部开始批判禁止了。禁止以后，原来说好的，有些不发言了，有些就反过来说不好了。

那个时候，《废都》疯狂到你无法想象的那个情况，盗版也乱，到处都在卖《废都》，我住院的病房人人都有，都在议论。突然知道我也在那儿住着，那议论纷纷的，我就不住院，和朋友到四川绵阳躲起来了。当时绵阳师专楼下面是一个报栏，每天我下来看报栏，差不多两三天就有批判文章。有时候不看报栏，到河堤上去走，突然风吹过来一张破报纸，我捡过来坐在上面，一看上面还是批判文章。这些文章大多数是攻击，说的话特别尖刻难听。

《废都》给我带来了阴影，影响一直持续了十二年，里面的苦楚只有我自己知道。

人有命运，书也有命运，《废都》的命运就是这种，好像一个人遇到了大坎，要判刑坐牢一样。它的传播后来完全靠盗版，盗版对每一个作家来讲都特别反感，但具体到《废都》，我还得感谢盗版，没有盗版延续不下去。那十来年，凡是别人来我家里请我签名，都签《废都》。我一看不是原版的，就留下一本，现在我家里有六十多种《废都》的盗版本，还有精装的，另有一部分书是给《废都》写续集的，光写后续的有三四本，故事反正挺有意思的。而且，好多老板来跟我讲，他当年就是卖盗版书挣的第一桶金，然后开始做生意，生意做大了，来感谢我。

经常有人问，哪部作品是你最爱的？我说没有最爱的，因为所有作品就像孩子一样，都可爱。但以现在我的想法，我喜欢自己后期的作品。后面的作品就像年龄一样，把好多东西看透了，阅历增厚了，就像文物包浆，它浑厚了，厚实的东西多了。

（《作家文摘》2019 年总第 2233 期，摘自《读库 1806》，张立宪编，新星出版社 2018 年 12 月出版）

军艺听课往事

·莫言·

1984 年解放军艺术学院创办文学系，徐怀中老师是首任主任，我是首届学员。我们是干部专修班，学制两年。

当时，怀中主任请来北大吴小如先生为我们讲课，前后讲了十几次。吴先生穿着一件黑色呢大衣，戴一顶黑帽子，围一条很长的绛紫色的围巾。进教室后他脱下大衣，解下围巾，摘下帽子，露出头上凌乱的稀疏白发，目光扫过来，有点鹰隼的感觉。他声音洪亮，略有戏腔，一看就知道是讲台上的老将。记得他第一节讲杜甫的《兵车行》。杜诗一千多首，他先讲《兵车行》，应该是有针对性的，因为我们是军队作家班。这首诗他自然是烂熟于胸，讲稿在桌，根本不动，竖行板书，行云流水——后来才知道他的书法也可称"家"的——但由于我们当时都发了疯似的摽劲儿写作，来听他讲课的人便日渐减少。最惨的一次，偌大的阶梯教室里，只有五个人。

这太不像话了，好脾气的怀中主任也有些不高兴了。他召集开会，对我们提出了温和的批评并进行了苦口婆心的劝说。下一次吴先生的课，三十五名学员来了二十多位，怀中主任带着系里的参谋干事也坐在了台下。吴先生一进教室，炯炯的目光似乎有点湿，他说："同学们，我并不是因为吃不上饭才来给你们讲课的！"这话说得很重，许多年后，徐怀中主任说："听了吴先生的话，我真是感到无地自容！"吴先生的言外之意很多，其中自然有他原本并不想来给我们讲课，是徐怀中主任三顾茅庐才把他请来的意思。

那一课，大家都听得认真，老先生讲得自然也是情绪饱满，神采飞扬。记得在下课前他还特意说：我读过你们的小说，发现你们都把"寒"毛写成了"汗"毛，当然这不能说你们错，但这样写不规范，接下来他引经据典地讲了古典文学中此字都写作"寒"，最后他说，我讲了这么多课，估计你们很快就忘了，但这个"寒"字请你们记住。

现在回想起来，吴先生让我们永远记住这个"寒"字，是不是有什么弦外之音呢？是让我们知道他寒心了吗？还是让我们知道自己知识的浅薄？

其实，我从吴先生的课堂里，还是受益多多的。他给我们讲庄子的《秋水》和《马蹄》，我心中颇多和鸣。后来，我索性以《马蹄》为题写了一篇散文，以《秋水》为名写了一篇小说。《马蹄》发表在 1985 年的《解放军文艺》上，《秋水》发表在 1985 年的《莽原》上，这都是听了吴先生的课之后几个月的事儿。

这两篇作品对我来说都有非常重要的意义：《马蹄》表达了我的散文观，发表后颇受好评，还获得了当年的"解放军文艺"奖。《秋水》中，第一次出现了"高密东北乡"这个文学地理名称，从此，这个"高密东北乡"就成了我的专属文学领地。我在很长一段时间内都以为我是在《白狗秋千架》这篇小说中第一次写下了"高密东北乡"这几个字，在国内外都这样讲，后来，我大哥与高密的几位研究者纠正了我。《秋水》写了在一座被洪水围困的小土山上发生的故事，"我爷爷""我奶奶"这两个"高密东北乡"的重要人物出现了，土匪出现了，侠女也出现了，梦幻出现了，仇杀也出现了。应该说，《秋水》是"高密东北乡"的创世纪篇章，其重要意义不言自明。

吴先生讲庄子《秋水》篇那一课——就是只来了五个人那一课。那天好像还下着雪——在我的回忆中有吴先生摘下帽子抽打身上的雪花的情景。我们的阶梯教室的门正对着长长的走廊，门是两扇关不严但声响很大的弹簧门。吴先生进来后，那门就在弹簧的作用下"哐当"一声关上了。我们的阶梯教室有一百多个座位，五个听课人分散开，确实很不好看。

我记得我不好意思看吴先生的脸，同学们不来上课造成的尴尬却要我们几个来上课的承受，这有点不公平，但世界上的事情就是这样。

虽然只有五个人听讲，但吴先生那一课却讲得格外地昂扬，好像他是赌着气讲。我当时也许想到了据说黑格尔讲第一课时，台下只有一个学生，他依然讲得慷慨激昂的事，而我们有五个人，吴先生应该满足了。

"秋水时至，百川灌河，泾流之大，两涘渚崖之间，不辨牛马。于是焉，河伯欣然自喜，以天下之美为尽在己……"先生朗声诵读，抑扬顿挫，双目烁烁，扫射着台下我们五个可怜虫，使我们感到自己就是目光短浅不可以语于海的井蛙、不可以语于冰的夏虫，而他就是虽万川归之而不盈、尾闾泄之而不虚，却自以为很渺小的北海。

讲完了课，先生给我们深深鞠了一躬，收拾好讲稿，穿戴好衣帽，走了。随着弹簧门"咣当"一声巨响，我感到这老先生既可敬又可怜，而我自己，则是既可悲又可耻。

因为当时我们手头都没有庄子的书，系里的干事便让我将《秋水》《马蹄》这两篇文章及注解刻蜡纸油印，发给每人一份。刻蜡纸时我故意地将《马蹄》篇中"夫加之以衡扼，齐之以月题"中"月题"的注释刻成"马的眼镜"，其意大概是想借此引逗同学发笑吧，或者也是借此发泄让我刻版油印的不满。我没想到吴先生还会去看这油印的材料，但他看了。他在下一课讲完时说："月题"是马辔头上状如月牙、遮挡在马额头上的佩饰，不是马的眼镜。然后他又说——我感到他的目光盯着我说——"给马戴上眼镜，真是天才！"我感到脸上发烧，也有点无地自容了。

毕业十几年后，有一次在北大西门外遇到了吴先生，他似乎老了许多，但目光依然锐利。我说："吴先生，我是军艺文学系毕业的莫言，我听过您的课。"

他说："噢。"

我说："我听您讲庄子的《秋水》《马蹄》，很受启发，写了一篇小说，题目叫《秋水》，写了一篇散文，题目叫《马蹄》。"

他说："噢。"

我说："我曾在刻蜡纸时，故意把'月题'解释成'马的眼镜'，这事您还记得吗？"

此时，正有一少妇牵着一只小狗从旁边经过，那小狗身上穿着一件鲜艳的毛线衣。吴先生突然响亮地说：

"狗穿毛衣寻常事，马戴眼镜又何妨？"

（《作家文摘》2017年总第2020期，摘自2017年3月15日《文汇报》）

关于《人到中年》的记忆

·谌容·

那是改革开放初期，我想写写那一代中年人，写写那些在单位是骨干、在家庭是顶梁柱的中年知识分子。微薄的收入和累人的劳作使其不堪生活之重，然而他们仍然凭着良知尽职于社会、尽责于家庭，满怀激情地迎接新时期的到来。于是，我写了《人到中年》。

体验生活

为创作《人到中年》，为写眼科医生，我去了国内眼科最著名的北京同仁医院，结识了那位文静的眼科主任。她不仅医术高超，待人更是温言细语和蔼可亲，是值得患者信赖的女医生。我有幸随其左右，在她的指导下似懂非懂地读了一本《眼科学》，又被特许进入手术室实地观看她的手术。

记得那天，我穿着软底鞋白大褂，尽量克制着内心的好奇、喜悦与激动，装得像那一大群观摩的年轻大夫似的，跟着主任走进了神圣的手术室。

没有想到，刚进入手术室区域就给了我一个下马威！宽阔洁净的走廊两旁是不同科室的一间间手术室。进门后不知怎么我们在右边的一间门口处停了下来，身旁的主任介绍这是内科手术室。我朝那个围满了白大褂的手术台看了一眼，这一看不要紧，让我终生难忘。手术台上白罩单下只露出一个光光的肥大的肚子，只见主刀的大夫飞快地一刀下去，鲜红的血顷刻间喷泉似的直射了出来，就听主刀大夫在喊："夹住，夹住！"助手们自然是久经沙场司空见惯，一边操作还一边调侃："看这肚子全是油！"

惊魂未定的我努力让自己镇定，还强笑着催促主任赶紧去眼科手术室。心中暗自庆幸，多亏自己英明地选择了眼科，否则这鲜血四溅的场景即便我敢写，谁敢看哪！

进入眼科手术室

主任无意中给我上的"第一课"竟是洗手。换好手术室专用浅蓝色短袖服装，和主任并排站在洗手池前。只见她用肥皂一直抹到臂膀，认真揉搓之后在水龙头下冲净，然后再抹肥皂再冲净，好像反复了三次。还没完，她又专注地在双手上涂满肥皂，用小刷子认真仔细地刷指甲缝，也是冲净了肥皂再抹再刷再冲。她很自然地做着这一切，我却在一旁看得发愣，就见她雪白的胳膊已经被洗得红通通的。虽然我也轻轻地照猫画虎地洗着，但还是憋不住问了一句："要洗几次才算洗干净了？"她回答我三个字："无菌觉！"

手术进行时，主任特许我隔着患者坐在她的对面。这是一台颇为难得碰上的角膜移植手术，之所以难得，是因为必须有别人捐献的角膜。眼科手术的器械都是很精巧细致的，不过即便是小小的手术，用针刺破眼膜，也必然是要见血的。主任让我用棉签按住出血的部位，我毫不犹豫地照做了。手术非常完美，术后在洗手池前，主任微笑地对我说："谌容同志，你不应该当作家，应该当医生。"我问她为什么，她说："因为你不怕血。"她哪里知道，当时我只顾看手术的全过程，根本顾不上害怕。

我没有告诉她，其实就在踏进手术室的一瞬间，第一眼看见手术台上的病人，我就着实被吓得不轻。那病人在白罩单下躺着，面部蒙着一块眼科手术专用的白色方巾。我称之为"专用"，是因为那方巾盖住了整张脸，只留有一个圆洞，其大小恰恰能露出一只眼睛。这时还没有麻醉，眼球可以自由转动，那只亮晶晶的眼球急速不安地转动着，眼神里充满了恐惧、无助甚至乞求，显得十分可怖。这一刹那的惊吓真没有浪费，全被我写进小说里了，写在无知的红卫兵冲进手术室的那一刻——手术台上这只可怕的眼睛吓得他们落荒而逃。

观看手术前我做了点功课，对托盘里的持针器之类都已熟知，因而在小说里敢尽情细致地描写，以致后来不少读者在来信中断定作者是医生。我没有回信更正，将错就错觉得很光荣。

我与巴金父女

说到《人到中年》，不得不提我与巴金及《收获》的渊源。

1978 年，改革开放的新时期到来，我满怀喜悦地写完了中篇小说《永远是春天》。当时我在文学界谁也不认识，只认识人民文学出版社的编辑，就把书稿交给了编辑部的老孟。因为字数不够长篇他们不能出版，可是老孟并没有把稿件退还我，而是积极地四处为这篇小说找出路，结果找到了上海复刊不久的大型期刊《收获》。

小说稿放在了主编巴金的案头，同时有人报告他，这个作者"文革"中出版过两部长篇。这个小报告显然对作者是极为不利的，幸而巴金没有理睬这些闲话，甚至没有让作者修改直接就刊登了。从此，我很幸运地成了《收获》的作者。

特别难忘的是这篇小说发表之后，巴金听说这个作者在扣着工资的情况下进行业余创作，就趁来北京开文代会之机，让他的女儿、《收获》的执行主编李小林到作者家中看望。

记得那天我的桌上是写了三分之一的《人到中年》，李小林看后非常热情地鼓励我快写下去。她的突然来访给我全家带来的惊喜可想而知。从那以后，四十年间她不仅是我的责任编辑，更是患难与共的挚友。

1980 年我的中篇小说《人到中年》发表之后，北京市委由宣传部补发了我的 3 年工资，并把我调入北京市作家协会成了一名专业作家。从此，我名正言顺地走上了创作之路。

（《作家文摘》2019 年总第 2279 期，摘自 2019 年 8 月 30 日《光明日报》）

我与电影《黑炮事件》

·刘子枫口述，陆其国编撰·

剧本让我着迷

影片《流亡大学》拍摄将告完成时，我们还在广西鹿寨，那天我突然接到了一个长途电话，是西安电影制片厂邀请我拍电影。

从广西回到上海，一踏进家，果然就在一大堆邮件中，看到了从"西影"寄来的电影剧本，里面还附了封信。信中说，现在寄给我的这个电影剧本，是根据著名作家张贤亮的小说《浪漫的黑炮》改编、由李唯编剧的《黑炮事件》，想请我出演这部电影中的男主角工程师赵书信。

两天后的一个上午，我一个人在家，沏了杯茶，开始静下心来细读剧本。

整个戏从赵书信的一封电报引开，发生了一系列既不可思议又合情合理的事情——从此，他被怀疑里通外国，成了特嫌而被内控使用；已经发配下放，他还全然不知，还认为这是领导对他的关心。后来工厂发生大的生产事故，以为是德国专家从中破坏，大动干戈，并召回赵书信配合调查，最后赵工发现是由于我们德文翻译错误，误把"轴承"翻译成"子弹"，才是这次事故的根本原因。

戏的结尾，领导问："赵工，我不明白，一副象棋没几个钱，你为什么要花那么多的钱发电报去找个棋子呢？"赵答："好好的一副棋，少一个挺别扭的。""可是你这封电报让国家受了多大损失啊！""是啊，我以后再也不下棋了……"

我被赵书信的善良、谦卑及不公的遭遇震惊了，情不自禁地哽咽抽泣起来，索性放下剧本，让自己哭个够，等心中的憋屈释放之后再接着看。就这样，整整一个上午，才把薄薄的《黑炮事件》剧本看完。如此激动地看剧本，我还从来没有过，我的艺术直觉和灵感在告诉我："剧本好！角色好！此时不接，更待何时？"

第二天，我就和"西影"联系，说我非常喜欢《黑炮事件》和赵书信。他们也很高兴，请我尽快前往"西影"商谈开机拍摄事项。

主创全是年轻人

我从上海乘机到了西安，一出机场，我就迫不及待地对前来接机的制片说:"请尽快安排我和黄建新导演见面。"

第二天一早,我刚起床后洗漱完毕,就听见有人敲门。开了门,只见门外站着一位黑发微卷、肌肤白净、文质彬彬的小伙子。我还以为是来叫我去吃早饭的,不料他先开口道:"刘老师早上好!我是黄建新。"

我连忙把他请进房间,还没等他坐定,我们就聊开了,从剧本到角色,从角色到感受,所谈内容都是围绕着《黑炮事件》和赵书信。而且这一聊上,竟然都停不下来。

这是一个平均年龄还不到三十岁的摄制组,都是年轻人,都是第一次独当一面。黄建新是第一次执导,王新生和冯伟是第一次掌机摄影,副导演杨凤良、美术刘邑川、灯光赵北光等,都是想将多年积累的才华和想法毫无保留地投入《黑炮事件》这部影片的年轻人。

当时我们摄制组住在大连军人俱乐部,大食堂的饭菜极简单,由于劳动量大,两个月下来,小伙子们个个面带菜色。住的房间也不隔音,黄建新导演就住在我隔壁。每天晚饭后,我都能听到隔壁房间导演和各部门主创人员研究讨论第二天的拍摄内容。我睡了一觉醒来,还能听到他们激烈的争吵和开心的大笑。

第二天,拍片现场,个个仍是生龙活虎、活蹦乱跳。我想,他们哪来那么充沛的精力啊?生活条件艰苦,艺术创造愉快,这就是《黑炮事件》摄制组的精神写照。

因《黑炮事件》获奖

当时，以吴天明厂长为首的"西影"领导们，起初并没有把这帮年轻人太当回事。没想到第一批样片送回厂里一看，从画面到色彩，再看演员表演，引起了吴天明的惊觉；再看第二批、第三批样片，吴天明坐不住了，立即带上厂里的慰问品和慰问信飞往大连，直奔现场。当他看到这群又黑又瘦的子弟时，这个堂堂的西北汉子鼻子酸了。所以后来，当《黑炮事件》受阻不能发行时，他会拼命为此片奔波告求，为中国的电影事业，他尽到了一个厂长应尽的职责。

我在这部影片中，对表演的追求及艺术实践，也得到了从未有过的淋漓尽致的发挥。经常是对一个镜头的表演我有好几种演法，别的演员多半是拍几条都是一个样，等于拍一条，我是每拍一次都争取有所不同，争取给导演最后剪辑有更多的选择余地。虽然组里也有片比限制，但是导演总是对我网开一面，甚至拍完一个镜头后还问我："还有想法吗？有就再拍。"

摄影师也不限制我位置，跟着我拍，他们都给我提供了最大宽松度。我想，导演、摄影师和我三者之间，如果没有对角色统一的理解和认识，没有充分的相互信任，这种艺术创造气氛和人际关系是不可能形成的。

赵书信这个典型的艺术形象，是我电影艺术生涯中不可重复的角色。这个切中时弊、寓意深远又黑色幽默的好剧本也是难得一遇。更庆幸的是又让我遇上了黄建新这样思辨敏锐、手法新颖的导演以及他得心应手的创作团队！简直是不可想象，一种天意竟在 1985 年西影厂的《黑炮事件》剧组里发生了！记得我荣获"金鸡奖"最佳男主角称号后，好多朋友都这样对我说："刘老师，你运气真好，好剧本、好导演、好角色和好的创作团队，都让您遇上了！"

（《作家文摘》2018 年总第 2110 期，摘自《痴戏醉墨》，刘子枫口述，陆其国编撰，人民交通出版社 2017 年 4 月出版）

《末代皇帝》拍摄背后

· 周寰口述，杨玉珍采访整理 ·

万里特批进故宫拍摄

电视剧《末代皇帝》是 1984 年开始拍摄的。当时，中央电视台电视剧制作中心刚刚成立，掀起了一股拍摄电视连续剧的热潮，后来几部很有名的《西游记》《红楼梦》等都是这一时期拍摄的。

之所以选择拍摄《末代皇帝》这一题材，还要从老电影人金山说起。1982 年，时任中央戏剧学院院长的金山发起成立了电视剧艺术委员会，很想先抓一部戏来拍。他早先看过溥仪的《我的前半生》，印象深刻，认为这个主题很好，便让中央戏剧学院的老师王树元创作剧本。剧本创作出来，电视剧还没开拍，金山就去世了，成为一个永远的遗憾。

　　"文革"结束后，我从中央戏剧学院毕业，调回中央广播剧团。剧团为了恢复业务，决定由我导演《于无声处》，又为了培养我，请梅阡先生做我的艺术指导。也许是在排演《于无声处》过程中梅阡先生对我印象不错，所以经他提议，最终决定由梅阡先生任《末代皇帝》总导演，我和张健民任导演。在整个筹备期间，梅先生亲自带领我们搜集历史资料，所有的案头工作包括导演计划和构思由我准备、梅先生审核，在摄制组由我向大家讲述。当年，初出茅庐的我要面对戏组几十位德高望重的北京人艺的老艺术家讲解全剧的导演构思、人物分析，没有梅先生给我"坐阵"，我是无论如何也不敢的。

　　《末代皇帝》的拍摄地点肯定离不开故宫，不巧的是，我们在筹备电视剧版《末代皇帝》的同时，意大利导演贝托鲁奇的同名电影正在拍摄，他们优先取得了进入故宫拍摄的特权，我们再进故宫就很难了。为此，剧组的人集体想办法，最后是梅阡、朱琳、于是之联合给万里同志写信，得到万里同志的特批。

　　贝托鲁奇的电影在故宫拍摄时，不小心烧了养心殿里的一块地毯，之后故宫的管理就严格起来，只允许我们拍外景，所有的内殿都不能进，内景只能搭棚拍摄。为了不影响正常的游客接待工作，我们每天天不亮就进故宫开拍，故宫开门接待游客前必须退出。

摄制棚失火事件

拍摄中，印象最深的是在故宫太和殿登基大典的戏。为拍这场戏，我们准备了一年，除了制作大典的仪仗道具、服装，还查阅了大量资料。拍摄当天，摄制组全班人马一夜未睡，凌晨一点就到达故宫。当时正值北京最热的几天，将近四千人的集结就花了近四个小时，故宫为了不影响上午十点接待游客，要求我们十点以前必须撤离。我要求所有人员不吃不喝，中间不许上厕所。

前面拍摄工作都很顺利，可是到了九点多钟，三千多名群众演员实在热得受不了了，全体坐在地上罢演。制片主任郝恒民本来是出于好心，买了几车冰棍想安抚演员情绪，可这下全乱套了，群众演员全部散开，上厕所的上厕所，乘凉的乘凉。按分镜头剧本，当时还差七个关键镜头未拍，眼看时间就要到了，我坐在车里急得掉下了眼泪。我说，我一生中可能只有一次这样的机会在太和殿拍摄这么大的场面，就差七个镜头，太遗憾了！可能是我的这番话感动了故宫领导，他们允许我们第二天再拍摄两个小时。

我们摄制组在北京五里店有一支由几十人组成的美术制景及道具、服装制作队伍，其中很多是八一电影制片厂的老师傅。我们搭的两个内景——养心殿和坤宁宫，就是他们精雕细刻的。当时这两个内景都是按 1∶1 的比例搭建，门窗、隔扇都用真木料制作，场景之逼真，就连故宫博物院的领导来参观后都震惊了，和我们商量说等戏拍完后要将这两个景搬到故宫重建，以供游客拍照。可万万没有想到，就在我们拍完内景最后一场戏后，整个摄影棚就起火了，制作精良的内景在一场大火后全部化为灰烬。

后经北京市公安机关一个多月的审查，最终排除了现场明火致火的原因，宣布火因与摄制组无关。这次火灾使我们停拍了半年，中央电视台副台长、电视剧制作中心主任阮若琳找我谈话，我赌气说不干了。当时她没表态，只说："好吧，你召集全摄制组开会，我参加！"

那次大会有几十人参加，很多人都是含着热泪、苦口婆心地劝我要坚持下去。最感动的是几位八一电影制片厂的老师傅，他们说："周导，别灰心，大火不是只烧了两场景吗？我们不要任何报酬，只要你一句话，我们再制作更好的景！不要因为这点挫折就放弃，要有中国人的志气，要拍出咱中国人自己的《末代皇帝》！"大家你一言我一语，我含着眼泪听完大家的发言，激动地站起来给大家鞠了个躬："不管有什么困难，我绝不再说不干了！"

老艺术家们"戏比天大"

因为这部戏是中央电视台电视剧制作中心邀请北京人艺合作拍摄，所以前十集宫廷戏主要演员都是从人艺请的，如饰演慈禧太后的朱琳老师、饰演载沣的蓝天野老师、饰演奕劻的童超老师、饰演张谦和的牛星丽老师、饰演袁世凯的李大千老师等。

朱琳老师是北京人艺的老演员，被称为"第一青衣"，她不仅演技精湛，敬业精神更是让人佩服。最让我难忘的是1985年冬天的一场戏。当时是零下二十几摄氏度的低温，我们在颐和园乐寿堂拍摄慈禧和光绪寝宫的戏份。乐寿堂是国家重点保护文物，不允许生火取暖，里面异常寒冷，摄制组所有工作人员都是里面穿着棉袄，外面再穿一件棉大衣。可是演员不行，拍摄时他们只能穿戏中的服装。有的演员实在受不了，就在戏服里套很薄的毛衣毛裤。朱琳老师当时已是六十五岁的老人，因为剧情是在寝宫，需要她只穿单衣单裤。怕她冷，我们都劝她穿件毛衣毛裤在里面，她却死活不干。她说："那样不真实，皇太后的寝宫能冷吗？"坚持不穿。后来她患了寒腿病。多年后她见我还和我开玩笑说："你赔我腿，你们一天才给五毛钱的伙食补贴。"随后又笑着说："你别紧张，我现在寒腿病好啦！"那么可爱又平易近人。

童超老师当年患有脑血管疾病，不能受凉，每次来拍戏，都是摄制组的年轻同志用四件棉大衣将他包裹起来，用两根扁担绑在椅子上，把他从颐和园东门抬到乐寿堂。可是到了现场后，他也要穿很薄的戏服，与李大千、蓝天野等演大臣的老演员一起长时间跪在冰冷的地上。这些大师没有一个人有所谓的"助理"，只有我们现场的工作人员在停机以后把棉大衣给他们披上。

看到这些老艺术家"戏比天大"的职业精神,很多年轻人都被感动了,他们把这些老艺术家紧紧地抱在怀里,用自己的体温为他们取暖。

朱旭老师饰演的老年溥仪可以说是整部剧的核心人物。刚开始找朱旭老师时,他不同意出演这个角色,开玩笑说:"前二十二集吃香的喝辣的都让陈道明(青年溥仪由陈道明饰演)干了,到我这儿除了坐监狱就是改造,不演,不演!"经我反复做工作,他后来终于答应了。他出场的第一集戏就征服了观众,人们都说:"他不是在演溥仪,他就是溥仪!"

不只人艺的老艺术家们,该剧还会集了来自全国各地的优秀表演艺术家:如来自辽宁人艺、饰演抚顺战犯管理所所长的李默然,来自上海人艺、饰演陈毅的魏启明,来自八一电影制片厂、饰演蒋介石的赵恒多等。正是他们对艺术的精益求精,以及不计个人得失的辛苦付出,才成就了这部电视剧,使之成为同类题材里的经典之作。

1988年,耗时四年拍摄完成的电视连续剧《末代皇帝》在央视首播。翌年该剧获得第九届中国电视剧飞天奖特等奖、第七届大众电视金鹰奖优秀连续剧奖,并荣获法国戛纳国际电影节优秀电视节目奖、美国ACE艾美奖提名奖。

(《作家文摘》2018年总第2177期,摘自《纵横》2018年第9期)

我这四十年

·朱明瑛口述，李淑娟采访整理·

我是 1949 年生人，本名叫张明瑛，祖爷爷是清代两广总督张之洞。五六岁时，因母亲改嫁，我就随了继父的姓，改叫朱明瑛。

这孩子"太硬"

我小学上的是汇文小学，孙敬修是我的班主任和美术老师，也是我的艺术启蒙老师。自那时起，我接受了大量的艺术熏陶，也萌生出当艺术家的梦想。

小学五年级时，母亲带着我去考中央歌舞团，考官说："这孩子长得倒是挺乖的，但条件不算好，太硬。""太硬！"这句话深深地刺痛了我，也激起了我打小就有的倔劲儿。我每天早早起床，踢腿、压腿、做柔软操……不厌其烦地一遍遍练着那些动作。转眼又过了一年，小学毕业时，我报考中国舞蹈学校，从几千名考生中，脱颖而出。

1966年毕业时，我被东方歌舞团选中，成了一名舞蹈演员。东方歌舞团是在周总理一手栽培下成长起来的。我对获得入团的机会十分珍惜。可是，不久"文革"开始了，它成了江青等人的眼中钉，团里所有人都被下放到农村。跟农民一起下田劳动时，我就在田间地头给农民唱歌，唱样板戏《红灯记》里的李奶奶。没想到，我略带沙哑的嗓音特别受欢迎，唱歌的潜质也在那时被发现。

借套服装上春晚

"文革"结束时，我二十七岁，已为人妻为人母了。面对逝去的艺术青春，我却依然想着怎样"把一生献给它"。这时，我想到农民给我的掌声，决心改行学唱歌。但老师认为我的嗓音又松又哑，且没受过任何音乐训练，岁数也不小了，唱歌这条路根本走不通。

我的倔劲儿又上来了。我花了一年时间学唱歌，走访国内各地的老艺人，跟徐玉兰学越剧、跟骆玉笙学大鼓、跟红线女学粤剧、跟东北艺人学二人转……总之，走哪儿学哪儿，别人看我就像着了魔似的。

我不断挖掘着自己的潜能，不仅挖出了歌唱才能，还挖出了外语天赋。我先跟北京外国语学院的朱鑫茂老师学英语，又跟国际广播电台的老师学斯瓦希里语（非洲当地使用最广泛的语言之一），然后整天泡在北京语言学院，一看见非洲留学生就跑过去跟他们聊。功夫不负有心人。我先后学习了世界上三十一种语言，并能用这些语言唱歌。当然，这一切都是我私底下"偷学"来的。

1979 年，在东方歌舞团的一次春节晚会节目审查中，我毛遂自荐了自己准备的歌曲。当组织者说"请朱明瑛唱一首非洲歌"时，大家都愣了："什么？朱明瑛唱歌？"当时谁也不知道找能有这本事。当找把苦练的成果——扎伊尔歌曲《愿大家都成功》展示给大家后，这首充满异国情调的歌曲让在场的人惊愕之余感到意犹未尽，大呼不过瘾。于是，我又接着演唱了《我心中的痛苦》和《伊呀呀欧雷欧》。

那天，国际广播电台提前知道我要"露一手"，也带着录音机来了，准备对外广播。这三首非洲歌曲使我成为中国人唱非洲歌的第一人，并成为我进入中国乐坛的起点，也为东方歌舞团的演出打开了新局面。

一曲成名后，虽然我成为东方歌舞团的主要演员，但真正使我一夜间成为全中国家喻户晓"大明星"的，还是在 1984 年中央电视台第二届春节晚会上演唱的那三首经典歌曲——《回娘家》《莫愁啊莫愁》《大海啊！故乡》。

当时，我看到上届春晚中香港演员出场时穿得真漂亮，再看看自己的演出服，感觉真是穿不出去。上春晚前，正当我为穿什么发愁时，发现香港演员夏梦送给我们团的三件衣服特好看，于是就去找团长王昆，好说歹说、软磨硬泡地给借了出来。演出当天，我在后台无意间看到画报上有个外国女孩的短发发型很"酷"，就临时请发型师给我剪了一个。

就这样，穿着借来的时尚服装，剪去一头长长的秀发，我唱着河北民歌《回娘家》站到了央视春晚的舞台上，以一个不同于以往的"可爱小媳妇"形象出现在全国观众面前。

也是在这一年，我做出了又一个人生重大决定——作为文化部公派自费留学生赴美学习现代音乐和艺术教育，我的目的是填补中国在该领域中的空白。

"活着干，死了算"

刚到美国，我"两眼一抹黑"，无亲无故，一切都要从零开始。我一边拼命学习，一边融入美国社会，同时放下架子去打工。当时，全校每年只有三个全额奖学金名额，而我以"拼命三郎"的劲头成为全校三千名学生（其中八百名留学生）中唯一一个连续获得八个学期全奖的学生。尝到甜头的我更加"玩命"学习，甚至利用寒暑假"攒"学分，结果只用四年就读完了六年的课程。

1989 年，学成后的我心情迫切地返回祖国。然而，回国后才发现，当时并没有多少人对西方声乐知识和技能感兴趣，我牵头举办的"艺术家之梦个人巡回演出"，也使我真切感受到当时中外艺术文化之间存在的鸿沟。我带着一支美国乐队在国内巡演，他们伴奏，我用英语演唱流行歌曲、唱爵士、跳踢踏舞……可老百姓最喜欢的还是《回娘家》《大海啊！故乡》。这让我感到很沮丧。

不久，我第二次远赴美国。这次不是去学艺术，而是去学习经营管理之道。之所以以此作为我的新目标，是因为第一次在美国留学时，我已经了解到"文化产业"的概念，也深知早晚有一天中国会走上这条路。

一次聚会上，我结识了哈佛商学院的理事苏宾先生，他是当年尼克松访华时的随团成员，也是美国工商界的知名人物，在他和夫人的引领下，我加盟跨国企业格尔德曼金融集团，负责远东事务。

1995年我回国后，凭借在美国积累下来的经验开始在国内创业，目标就是文化产业。开始，我同好莱坞合作做影视，接着做唱片，搞演出，搞训练中心……摸爬滚打一番后，我逐渐意识到中国其实最缺的还是人才，于是，我决定办一所艺术教育和文化产业相结合的综合学院，这也是我多年来的梦想。

2003年10月，西慕国际艺术教育中心（北京国际艺术与科学学校的前身）开学，我担任首任校长；2008年，北京国际艺术与科学学校小学至高中部开学，这是一所具有音乐系、舞蹈系、影视高科技系和视觉艺术系的正规综合学历制学校。

有人问我，办学难不难、苦不苦？当然难、当然苦。我经常说的一句话就是："小车不倒只管推。活着干，死了算。我活得很坦率、很平和，也很快乐。眼看自己做的事一个个成功，一个个产生效益，这种痛快让我觉得一辈子没白活。"

（《作家文摘》2019 年总第 2216 期，摘自《纵横》2019 年第 2 期）

刘家兄弟"折腾"记

·刘永好口述，黄子懿整理·

不安分的刘家四兄弟

1982 年，我们一家四兄弟都大学毕业了。大哥在电子厂做工程师，二哥在县教育局工作，三哥在县里当农业技术员，我在大学当老师。看似安稳，但我们都不甘心，总想做点事。因为父母是 1949 年后第一批国家基层干部，父亲曾官至县团级，能订阅《参考消息》。我们经常看这些报纸，了解外部世界，看看窗外的天空是怎样的，有很大的兴趣和志向。

无线电技术刚刚兴起，我们四兄弟就成了发烧友，学会了手动组装矿石收音机、晶体管收音机甚至电视机。可能很多人不知道，装一个电视机需要三十二根电子管，一根电子管有一个矿泉水瓶那么大。我们自己研究线路、购买器材、安装调试，最后看到电视机成像、听见声音，简直激动得不得了。

当时在我任教大学的宿舍里，摆满了各种音响，全是学校的老师同学让我装的，装一个收他们两三块钱，类似于现在的卡拉OK，我一共装了十几台。四兄弟把音响抬到大街上卖，看的人很多，最后连百货公司的人都跑过来问："多少钱？卖给我们算了。"

有人提议，我们可以办厂卖。我当时没敢想，办厂一要人工，二要场地，三要资金。这些都没有。有一天，三哥想到一个办法：我们当知青下乡的生产队有很多小伙子在家待业，那有仓库可作厂房，还有草绳机，可卖了作启动资金。我们就兴冲冲地找到生产队长，队长一听就答应了。我们算过一笔账，装一台音响的成本是五六块钱，每台能卖到十几块钱，利润生产队拿大头，我们拿小头。我们和公社书记说这个事，他一听说要分钱，桌子一拍就说："走资本主义道路？坚决不行！"

刷墙广告的鼻祖

1982年，通过媒体我们了解到，家庭联产承包责任制在农村逐渐推广了，我们就想着不妨在农村试一下去做农业。

三哥是农学院毕业，有技术，也有场地。但经过上次的失败，我们有了经验，四兄弟这次直接找到县委书记，说现在国家政策允许，想到农村去做专业户。书记想了很久，说："好，农村专业户缺乏科学技术，需要有技术的人，到农村去是好事，符合党的政策，我支持。"但书记提了一个条件，我们每年必须带动十个专业户，让他们富裕起来。

最早种蔬菜、养鸡，然后是养鹌鹑，我们在川西一带养得很火爆。即便如此，鹌鹑还是小众，猪肉才是大众商品。养猪需要饲料，所以后来转战到饲料市场。

我算得上是刷墙广告的鼻祖。中国最早的农村墙头广告、电线杆广告等，都是来自"希望饲料"。"养猪希望富，希望来帮助"——20世纪80年代末的川西农村，家家户户的墙上都刷上了这句广告，宣传效果非常好。我当过教师，会刻蜡纸，每到过年都刻上有"希望"标志的门神、对联送给农户。蜡纸看着红火，农民朋友特别高兴，一直问："要钱吗？"我就说："不要不要，送你们的。"这就是我们早期的市场营销。

到1991年，希望公司的规模达到千万，全国却出现了"姓资姓社"的大讨论，就有人说我们是走资本主义道路。办事变得困难：招人人不来，买东西人家不卖。我们一度感觉社会又要大变，连母亲都劝我们放弃。想了好久，最后找到县委书记，提出干脆把工厂交给国家，"当个工厂管理者算了"。县委书记听后，又沉思良久，说："你们当初去农村做专业户，我是支持的。目前我并未接到通知说要没收资产，但既然现在社会上确实有声音，你们就悄悄做吧，不要宣传了。"

1992年，突然有一天，《光明日报》全文转载了邓小平视察南方纪实《东方风来满眼春》。我看了非常激动，立马叫二哥来看。那篇文章太重要了，让我们知道国家进入新格局，春天就要来了。此后十年，我们开始大规模地踏出家门和国门，在全国各地收购、建厂，一度成为中国最大的民营企业。

第一家企业集团公司

在 1993 年前，希望公司还只是饲料公司，不是集团——当时中国还没有一个集团化的企业，但我们在全国扩张，没有集团化体系，管理很难，所以找到县工商局提出成立集团的申请。县里一听吓到了，说要请示市里；市里说这事太大，要请示省里；省里直接请示北京。我到北京跑了十几趟国家工商总局，领导说："这是大事，会认真研究，正在看国外案例。"半年后，领导打电话说，国家研究决定，希望饲料符合成立集团的条件，可去地方申请，已打好招呼。这样，我们才成为改革开放后第一家企业集团公司。

之所以动"集团"的念头，也是注意到海外有很多集团公司，他们走规模化、集团化的现代企业制度管理之路。1991 年前后，我们在中国饲料市场已做出很大成绩，算是最好的。一家美国知名的跨国饲料企业就找到我，说看好中国市场的潜力，想要跟我们合作。我问怎么合作，对方说换股。什么叫换股？我当时一点概念都没有，对方就继续解释并邀请我去美国参观。在美国，对方董事长邀我去他家做客。对方说，将派会计和律师谈合作，会提供三年的财务报表和资产评估，希望我们也能给他们。我一听就傻眼了，什么是财务报表？中国那时也没什么会计和律师事务所，我们的财务制度、公司制度都很不完善。

我心里很明白，合作肯定黄了。

回国后，我就暗下决心，要规范企业，采用现代企业制度，并且尽可能像这家公司一样现代化、规模化、国际化。1993年，我们在全国各地兼并收购了近二十家工厂。1995年，为完善治理结构，理顺产权，四兄弟分家调整。大哥热爱电子科技，去做电子科技行业；三哥学农，继续深耕农村做种植业；二哥和我留在饲料业。

创办民生银行

1993年，我当选全国工商联副主席，是其成立以来首位民营企业家副主席。我在任十年间，工商联组织了多次全国民企的调研。这些调研发现，民营企业融资困难，在成长发展阶段得不到资金支持，国有银行不给他们贷款。

我们就想，可否在银行领域做个试验，由工商联牵头，由会员单位的民企出资，办一个民营的全国性商业银行。1993年"两会"期间，我联合四十多家民企提出提案，第二年经叔平先生以工商联名义给时任央行行长朱镕基写信。朱镕基很快回复："请人民银行予以考虑。"1996年1月12日，中国民生银行成立。

过程并非一帆风顺。当初大家听说这想法都很高兴，报名就报了一百多位、资金一百多亿元，结果到交钱时，好不容易才凑了十三亿八千万元。那时民企普遍比较小，拿得出钱又符合条件的少之又少。有人说，是不是再找些企业？我说，既然没人规定注册资金一定要达到多少，不妨从小做起，就此求得发展。今天的民生银行，资产规模已有近六万亿元，年化税后利润约五百亿元。

（《作家文摘》2018 年总第 2176 期，摘自《三联生活周刊》2018 年第 40 期）

俞敏洪自述被抢细节

·俞敏洪·

在新东方发展的过程中，有一个关于我的故事在坊间流传很广，这个故事既反映了当时金融体制的落后，也反映了我个人的收获。这个故事就是我被抢劫的故事，我差一点因为这件事情丢掉性命。

被注射兽用麻醉针

当时，新东方报名人数最多的时候是在周末。一般来说，一个周末我们能收五十万到一百万元人民币。这个数字在当时已经非常大了！但当时一到周末，银行除了对个人的存储业务外，对公业务是不开放的。也就是说，我们周末收上来的学费是不能存到银行的。这笔钱放在保险柜里也不让人放心，因为很多人都知道保险柜的位置，而且当时新东方租的还是一个漏风漏雨的破房子，那个门随便一撬就能进去。于是，就只剩下一个办法，拎回家。

当时，我自己开车，也没有什么保安和司机，拎了一段时间也没有发生什么事情，可后来就被人给盯上了。这个人原来坐过牢，出来以后想改邪归正，就在北京的郊区开了一个度假村。当时到了暑假，新东方因为要给学生找上课、住宿的场所，在租度假村的时候认识了这个人。在决定租用度假村后，他要求新东方先付一笔钱，新东方答应了，并把这笔钱付给了他。结果暑假班结束后一结算，他应退还新东方三万元。于是，新东方的财务人员反复催要后，他就给我打电话说："俞老师，我把这笔钱用完了，没有办法还钱，要不到明年你们再用我的度假村时补回去，行吧？"我说："没关系，也就三万元，好说，反正我们以后还要合作呢！"

也就是因为我这样一番话，让他觉得原来新东方很有钱。当时，他其实已经因为经营困难再次萌生了犯罪的想法。于是，他找了几个人跟踪我，结果发现，我每个周末会把学费拎回去。这时已经是 1998 年了，一个周日晚上，他们看到我一个人开车回家，就在我家门口把我给截住了，还给我打了一针麻醉大型动物用的麻醉针，就是给大象、老虎打的那种麻醉针。然后，我就晕过去了。我拎回去的钱也被他们全部抢走了，这笔钱是我们两天收的学费，大概有两百万元。

居然能活过来

然后，这个人带的几个跟班看我还有呼吸，就对他说："老大，我们把他干了吧！"他说："俞敏洪还是一个不错的人，我们已经拿了这么多钱，足够远走高飞了，就留他一条命吧！"后来，我才知道，他们从打劫我开始，到后来2005年北京公安局破案，前前后后抢劫了七个人，其余六个人没有一个活下来的，就我活了下来。

后来，麻醉针的药劲儿过了以后，他们已经走了，我居然半蒙半醒地醒过来了，还去报了警。后来，我就被送到了医院，被抢救了过来。但其余以前被他们抢劫的人一针麻醉针下去就醒不过来了。后来，医生跟我说："真是奇怪了，麻醉剂量这么大你居然能活过来！"后来我开玩笑说："可能是我酒量比较大的原因吧！"还真有这个可能。

几年前，我去做肠胃镜检查，要先进行全身麻醉，医生就给我打了一剂常规的麻醉针，还跟我说过两分钟就会起作用。结果，我跟他聊天就聊了十分钟。医生问："怎么回事？你一点感觉都没有？"我说："没有。"后来，医生就接着给我打，还加大了剂量，最后我才全身麻醉，进行了肠胃镜检查。我这才知道，我抗麻醉的能力真是挺强的，这也算救了我一命。

这件事也给了我一个警告：我的行为是错误的，如果我当时不把钱拎回家，这些歹徒也就不会跟着我，也就不会发生后来的事情。而且在这件事情发生之前，王强和徐小平也曾多次提醒过我。

事后，王强、徐小平见到我的第一句话就是："活该！"当然，只有好朋友之间才能用这种语气说话。

不懂投资死命地干

总之，这件事情必须要解决。于是，我就找到了北京银行。北京银行当时刚成立不久，正好要拉业务。尽管刚开始北京银行在周末也不工作，但它在中关村刚开设的一家支行接了这项业务。

我当时提出的要求是周末他们必须上门来收钱，如果这项业务做好了，新东方所有的财务体系都转到北京银行去。当时，由于新东方规模还小，各项业务加起来总共也就一两亿元，大银行是看不上的。但北京银行那时刚刚成立，它看得上，就接下来了。从那以后，北京银行每到周末就把武装押运车开到新东方的报名处前把钱拿走。后来，北京银行增发股票，北京银行行长曾建议我或新东方投资，持有北京银行的股份，但我放弃了。

如果当时我要买进北京银行几千万元的股票的话，现在的市值应该有二三十亿元了。所以这也说明，我这个人是没有金融头脑的，也不懂投资。在某种意义上，我就是死命地干，最后一点点把新东方给干出来了。

（《作家文摘》2019 年总第 2238 期，摘自《我曾走在崩溃的边缘》，中信出版集团 2019 年 4 月出版）

我的林区广播站

·敬一丹·

小兴安岭知青的春夏秋冬

从 1972 年夏到 1976 年冬，我在小兴安岭的清河林区度过了我的知青时代。那四年半的经历影响了我的一生。林间四季，是我知青时代记忆的背景。

春天，没有什么菜，去年冬储的菜吃完了，今年的菜籽刚种下去，青黄不接。好在有大豆，上顿豆腐汤、下顿豆子汤，也能对付。

春天，山上的达紫香花开了，片片烂漫，让人眼前一亮。几个男知青从山上挖了一棵达紫香，栽到林场院子里，我们天天看着它，期待它能在身边烂漫，可是它没能活下来。也许，它就喜欢山上林间，那是适宜它的清爽之地。

夏天，草丛里潜藏着好多危险，没准儿还会遇到蛇。有一次，在女宿舍的大炕上，竟出现了一条蛇，引来满屋尖叫。一个男生进来，拎起蛇的尾巴，在又一阵尖叫声里出去了。打那以后，我每次上炕，都仔细看看被子里边有没有藏着蛇。

夏夜里，电影队来了，那就是节日。空场上挂起银幕，孩子大人早早地摆上小板凳。记得有一次，放映电影《春苗》，真好啊！那时，电影少，彩色的电影更少，它赏心悦目，给我们苍白的精神生活带来绚烂的色彩。银幕上，李秀明从竹林里走来，阳光照着她青春的身影，我好像看到另一个世界。男主角达式常不同于以往的银幕英雄，他不像王成，不像李向阳，不像杨子荣，那温文尔雅的文人气质吸引着我。看完电影，大家都在谈李秀明，而我心里暗暗喜欢的其实是达式常，我不好意思对别人说，生怕别人看出来。

看完电影回青年点的路上，河水波光粼粼，萤火虫在眼前飞来飞去，一闪一闪，我有些恍惚，半梦半醒，真不愿从电影里出来。此后的日子，再也没有这样诗意的夜晚。

秋雨，让人想家。下雨的日子不出工，我常常在雨中给家里写信。那时，写信是一种享受，一种寄托。外面的雨下着，我在枕头上铺上信纸，信给姐姐，那是知青间的交流。

姐姐1968年去兵团，我是从她的知青生活里成为"准知青"的。她的地址我至今记得清清楚楚：黑龙江密山铁字409信箱214分队。

信写给父母时，我在信里告诉妈妈："我试着独自住在广播站，早起广播方便。"

妈妈立即回信:"不要独自住,要回到大的集体宿舍!"

妈妈命令的口气不容置疑,她心里对女儿有深深的担忧。她还在信里发布两个禁令:不能喝酒、不能谈恋爱。

冬天,那个傍晚,小兴安岭脚下清河小镇的路上卷过一阵阵白毛风,风夹着雪没遮没拦。我顶着风,睁不开眼睛,迈不开腿,走着走着,感觉有点儿木。这时,迎面来了一挂马车,那马身上结了白霜,车老板的帽子上也结了白霜。走近了,那车老板指着我,说着什么。我没听清,愣在那儿。车老板勒了勒缰绳,马慢了下来,几乎停住了,车老板指着我的脸说:"你的脸冻了!"我赶紧用手去摸,他又说:"别用热手摸。"说着,马车带着一团白雾在冰雪路上走了。我于是背着风,倒着走,终于到了屋子里,对着镜子一看,通红的脸颊上白了一块,过了一会儿那白变红了,好了,没事儿了。人家告诉我:"如果你当时再冻下去,就冻伤了,一点儿知觉也没有,你这脸上就带花了。"

我庆幸在那风雪路上,与那车老板相遇,就在要各奔东西、南辕北辙的瞬间,他对我说了句话。可是,我连那车老板的样子都没看清,只看见他脸上白花花一片,眼睛、眉毛、胡子全是白的。

"新胜林场广播站,现在开始广播——"

我的知青时光大部分是在林区的广播站度过的。

广播站小小的，话筒崭新崭新的，是上海无线电厂生产的，底座是浅蓝色，话筒上包着红绸子。每天清晨，我起身去广播站。打开150W扩音机的低压开关，先预热，半小时后，再开高压。开始曲当然是《东方红》。唱片是黑色78转的，唱针一定轻放，不能"咔啦"一声，家家户户都有小喇叭，不能惊着小孩老人。声音渐渐升起，持续，渐稳，话筒打开："新胜林场广播站，现在开始广播——"我太喜欢在话筒前的感觉了。

在这小小广播站，我是广播员、记者、编辑、技术员、站长，采编播彻底合一，我干得认真而充实。我不用说"这次节目是敬一丹播送的"，因为听众全认识我，都叫我"小敬"。山林里的职工家属、大人孩子，都是听着广播过日子的，那时没有电视，广播一响，就是林海雪原唯一的动静了。知青伙伴干活儿回来，对我说：我们在山上听广播，听不出是你播的还是省电台播的。我暗自得意，故作平静："是我播的。"

我当时十八九岁，把小小广播站办得有板有眼、有声有色。局里在我们这儿开了广播工作现场会，我还一本正经介绍我是怎样办好广播的。其实，就是从心里喜欢。

后来，我被调到林业局广播站去了。人家都说我这是被重用，可我爱上了这个小广播站，我是哭着走的。

"清河林业局广播站，现在开始广播"——这成了我的新呼号。这里不但有话筒，还有录音机了，我第一次从录音机里听到自己发出的声音。

先去看天安门，还是先去学校报到？

1977 年元旦过后，我脱去东北林区的劳动布工作服，换上妈妈给我的黑色外套，登上 17 次列车，去北京了。

出了北京站，犹豫着：先去看天安门，还是先去学校报到？还是先报到吧。大 1 路车一路向东，怎么越走越像乡下？郎家园、定福庄、椹子井，那一片菜地后面的灰楼，就是北京广播学院吗？

报到的时候，老师和颜悦色："哪个省来的？"

"黑龙江。"

"这东北味儿！你口音很重啊！"

不敢吱声了。心想，我有口音吗？我是俺们那疙瘩普通话最标准的，再说，哈尔滨话不就是普通话吗？我根本就听不出东北话和普通话的区别。就这样的低起点，我走进了当时广电的最高学府。

（《作家文摘》2017 年总第 2048 期，摘自《我末代工农兵学员》，长江文艺出版社 2017 年 5 月出版）

不只是"贾志国"

·杨立新口述，巴芮整理·

上舞台

最开始，我对表演没什么兴趣。我进人艺的时候是 1975 年，那会儿没什么工作机会，我当时上高一，再读一年就要去插队了，要不也是就近分配。我原来在虎坊桥那儿的 147 中，比我小一年的学生都分配在附近的北京烤鸭店或前门饭店做服务员，要不然就是虎坊桥菜市场。我夫人比我小一年，找关系才分到北京友谊商店。

当时正好北京各个文化单位招学员，我有个同学拉手风琴，他让我陪他去考北京曲剧团。去了考官让我也唱一段，那时谁不会唱样板戏啊？当时我十七岁，声音还没变完，人家说你这声音不行，唱曲剧够呛，但是说你这孩子也不紧张，大大方方的，要不然星期六你去话剧团考考。人家给我写了一条子，我拿着就去了。

当时也没什么想法，只是说考上了起码就不用插队了。那个年代，当演员跟当服务员也没什么太大区别。

1975 年，我进人艺。1976 年，我在人艺参演了自己的第一部话剧《万水千山》，朱旭演狄师长，我是他副官。"四渡赤水"那一场，我上来先找当地的乡绅了解情报，然后朱旭坐着滑竿上来，戴着眼镜，穿着披风，之后就换上红军服装，跟着大家伙扛着一旗子，"呼"地跑过去，"呼"地跑回来。

人艺开始恢复"文革"前的老戏了，但还是很慢。1977 年下半年才开始，一点点探出门来看——觉得《蔡文姬》问题不大吧？好像没事，咱们试试。

在那之后，人艺演出就特别活跃了。我们就站在侧幕条看老演员演戏，这是功课。

到了 20 世纪 70 年代末 80 年代初，文化艺术界互相之间联系很多，各个院团的戏，他们彩排了，我们骑着自行车就去了。那时候戏也多了，全国各个院团都恢复了曾经的老戏，都到北京来演出，一个星期能看两三出戏。

我在人艺跑了三年龙套才演上主角。那是 1980 年在《日出》里面，我演男主角方达生。这是一个非常复杂的人物，我当时太年轻，演起来的确有点吃力，那个戏之后我就觉得演好话剧还真是得下一番功夫。

《半边楼》的"科研项目"

到 90 年代初，我才拍了第一个电视剧叫《半边楼》，反映教育战线的题材。

我演一位生物化学系的老师，带着研究生去陕北采土样和各种生物标本，然后回到实验室进行实验。我问导演说："我研究什么啊？"他说："我哪儿知道你研究什么？"

之前道具买了一堆旧书，有一本《中国土壤学》，我翻开之后眼睛一亮，中国西北黄土高原那章全看了。我找导演说，我想出来一辙，黄土高原不是干旱嘛，我在寻找一种耐干旱、不怕阳光暴晒的地衣或苔藓。非洲草原上有一种塔头草，咱们西北也有，那个东西表面是跟铁一样的铁皮，挥发量小，到雨季的时候大量吸水。有这样的植物，为什么没有这样的苔藓啊？那就寻找或者试验培育一种。

我就把它写在戏里边了，如果寻找到这种地衣，我在西北黄土高原有个大计划，大面积撒播，使黄土高原披上一层浅层的地衣，保持水土，然后再植草，之后就可以种灌木、乔木。那个人物的目的是使黄土高原恢复成原始森林。有了这个背景之后，人物、事情就开始真起来了，这结果完全不一样。

有意思的是二十年之后，有一天朋友聚会，碰上一个人，是国家荒漠化治理委员会的。他说："您演过一个电视剧叫《半边楼》，那里面有一个治理荒漠的方法是从哪儿摘下来的？"

我说我自己瞎编的。他说:"什么瞎编的,我现在用的就是这个方法。"

遇见"贾志国"

《半边楼》之后,我已经小有名气了,英达来找我演《我爱我家》。我说:"我没演过喜剧,演不好怎么办?"就推。他说:"你《哗变》里边那个伯德大夫演得非常有幽默感啊。"《哗变》里,我一共就七分钟的戏。他说:"另外这个戏要当着观众连着演。"我说:"这不更难了吗?"他说:"所以得是话剧演员啊,文兴宇老师是话剧演员,宋丹丹是话剧演员,梁天不是话剧演员人家都演,你是话剧演员你不演啊?看看剧本,你要觉得好看你就接,要觉得不好看,拉倒。"

我一看剧本,晚上躺在床上就乐,看了三行就"哈哈哈哈",再看三行"哈哈哈哈"。我爱人在旁边问:"怎么了这是?"我憋着笑,在床上直抖,最后读剧本的时候就得跑厕所看去。

我说:"这戏好玩儿。"英达说:"得嘞,咱就这么着吧,选日子开拍。"——1993年春天开始拍的,那年我三十六岁。

一个星期拍四集,星期一早晨准备,下午、晚上排练,星期二上午录一遍备播,下午带观众拍。拍完之后大家回去背词儿,晚上又开始排练,星期三下午备播,晚上七点开始拍,八点结束。

这戏最大的特点之一是台词量大。到谁的主力集,那天晚上谁也别见招他，得背词儿。经常拍着戏，英达喊："停，这桌布上谁写的台词？这不行啊，机器抬起来点，别往那儿拍了。"错词最少的是关凌，她背得快，尤其那高难度的，背数字背国家的，她倍儿溜，小孩嘛。

《我爱我家》，在我的表演生涯里是很重要的一个过程。贾志国这个角色让我出名了，但我很反感出名。我特别羡慕那种工作很有成就、走在大街上不被别人知道的人。

退 休

2017 年，我六十岁，在人艺办了退休手续。但当演员的好处就是，你即便退了休，还能留在那个舞台上。我跟人艺好像有一种血缘关系，从小就在那儿，人生最不知所措的时候，是这个单位热情地接纳了我，这种恩情是不能不认的。

这几年，我演得最多的还是话剧，人艺的戏，还有和陈佩斯合作的《戏台》。人到了六十岁，回想一下，我真是挺幸运的。我还记得，70 年代末人艺排练场里的一个横幅标语——"为丰富世界戏剧艺术宝库而奋斗"，能在一个以自立于世界戏剧之林为愿望的地方工作到退休，真是幸运。

（《作家文摘》2019 年总第 2211 期，摘自《人物》2019 年第 2 期）

海选"贾宝玉"的日子

· 欧阳奋强 ·

飞来机缘

1982 年 2 月 23 日,《人民日报》《光明日报》发表了电视连续剧《红楼梦》摄制工作在筹备的消息后,谁来出任剧中的主角成为全国关注的焦点。《红楼梦》剧组从上万名演员里面挑选了六十多名条件比较好的演员,于 1984 年春季在北京圆明园举办了第一期电视剧《红楼梦》演员培训班。

曾经和我一起拍摄电影《虹》的张玉屏和高亮成为第一期的学员。

让我没想到的是张玉屏向王扶林导演推荐了我,刚好王导要到四川的峨眉山、青城山选景,就带着邓婕、摄像师李耀宗、《红楼梦》编剧之一周岭到了成都,一行人住在成都锦江宾馆。

既然到了成都，王扶林导演决定顺便见见我，他让邓婕到我家来找我。

当时我出去看电影了，回到家已经很晚了，看见茶杯下面压了一张纸条：

欧阳：

电视连续剧《红楼梦》的导演王扶林想见你。明天上午十点到锦江宾馆来，我在门口等你。

邓婕

看到这张纸条，我惊呆了，第一反应是：这么好的事情怎么可能就落在我头上了？

还有一个问题，第二天早上八点我就要跟着《女炊事班长》剧组去崇庆县（今崇州市）拍外景，怎么办？

虽然邓婕的纸条充满了吸引力，但头脑中不可能的念头还是占据了上风。

我爸说："也许这是一个机会。"

就是我爸的这句话鼓励了我，我起身顺手抓起一条大裤衩，蹬着一辆破自行车直奔锦江宾馆去了。

当时的锦江宾馆很高级，大理石的地面可以当镜子了，反射着屋顶的吊灯，像一座宫殿一样富丽堂皇。平常我是没有机会来这里的。

敲开 405 室的门，一位脸庞瘦削、个头不高但显得很精干的老头儿自我介绍："我就是王扶林。"

这就是《敌营十八年》的大导演，也是《红楼梦》的导演，待人这么亲切，让我紧张的心稍微放松了一些，这才有时间看另外两个人，他们也迎了过来。身材高大魁梧的是《红楼梦》的编剧之一周岭，像一个拳击运动员，皮肤有些黑的是摄像李耀宗。

王导给我介绍了《红楼梦》剧组的情况：其他角色现在基本都定了，就是贾宝玉这个角色没有找到。他又问了我其他情况，包括我的出身、年龄，哪年上学，哪年毕业，拍过什么戏，演过什么角色，看过几遍《红楼梦》等。紧张感没消失的我嘴巴干涩，一一回答了王导的问题。在我回答王导问题的时候，李耀宗从不同的角度观察我，可能是在看我的脸部线条，这让我又紧张起来。

王导和蔼地对我说："你有时间到北京来参加试镜吗？"

要去试贾宝玉的戏我倒不兴奋，要坐飞机去北京让我兴奋。那时我还没有坐过飞机、没有去过北京呢。那时飞机不是随便可以坐的，有一定级别的人才能坐。一般剧组都是只报销火车票的。

坐飞机去北京这么好的事情，就算选不上我也要去。

小试牛刀

1984 年 7 月 12 日，穿着一双塑料凉鞋、上身军衬衣、下身一条蓝色的确良裤子的我搭乘了飞往北京的航班。

去了《红楼梦》剧组住下后，又来了许多从全国各地选来的贾宝玉候选人，我没有多想：演贾宝玉的可能性不大，何必那么在意，不如在北京好好玩几天。

直到第三天，就是 7 月 15 日，我早早和化装郑大姐来到北京南菜园——大观园的修建处试戏。不一会儿，筛选出来试宝玉的二十四个小伙子陆续到来，他们都打扮得很时髦，和他们相比，我就是一个土鳖——上身是皱巴巴的背心，下面是短球裤，一双拖鞋。

剧组的一个女同志问："你就这样来的啊？"

我点头，心想："这是选演员又不是选美，花那么多时间打扮自己干吗？"

在导演、摄像、编剧、制片主任都一一到齐之后，试镜开始。

我起身轻松地走到水银灯下，和张玉屏排练"宝黛读西厢"。头天晚上我看了《红楼梦》的连环画，看到"宝黛读西厢"，觉得这个不错，就和张玉屏排练了几次。

"预备——开始！"

我和张玉屏默契、顺利地演完了这个片段，剧组的录像带也记录下了我和张玉屏演出的"宝黛读西厢"片段。

试完镜已经是中午，到食堂吃饭。剧组的人对我很热情，好像我已经是这个剧组的成员一样。

在招待所，我见到了演薛宝钗的张莉。她很漂亮，斯文又温柔，还是四川老乡，我们就聊起天来。

她说："你们都是专业演员，我是跳舞的，好羡慕你们啊。"

她羡慕我，我还羡慕她呢，因为她已经是薛宝钗了，是主演了。

在离开北京的头一天，张玉屏带着我去了《红楼梦》编剧之一周雷的住所。周雷见到我特别高兴，拿起相机让我在院子里的树下站好，给我拍照。周雷的举动，让我感觉到我演宝玉的可能性更大了。

尘埃落定

再去北京时，"红楼"培训班已经快要结束了，我是《红楼梦》剧组最晚一个进组的演员，而此时剧组已经在黄山拍跛脚道人、秃头和尚，还有林黛玉乘船北上的戏了。

到我的戏还有两个多月的时间，这两个多月给我的安排就是接受培训，好好读原著和剧本。

我们是早上形体训练，我在川剧团训练过这些戏曲形体功，对我来说不算难事。上午是听专家讲课，学习班负责人也是编剧之一的周雷老师向我介绍情况、交代任务，每个周末导演和主创人员审看我的录像。晚上是琴棋书画，也是一种休息。

从进组那天开始我就紧张，感受到一种莫名的压力。这是全国人民关注的《红楼梦》啊，我是贾宝玉，是《红楼梦》剧组绝对的男一号啊，我能演好吗？

这个压力把我压得有些喘不过气来，整天皱着眉、背着手，想怎么演好宝玉，想着怎么演好小品。小品一直都是我的弱项，特别怵排小品。

我本人的性格不像贾宝玉，是家里的老大，所以比较老成，再加上这个压力，就更不像宝玉了。

王导说："这个样子怎么行？不像宝玉像个小警察，这样老成和老实是贾政喜欢的宝玉，不是曹雪芹先生笔下的宝玉，宝玉应该是俏皮、活泼和乖张的。"

他要我不要看原著了，也不要排小品，就放开手脚、放心大胆地在剧组玩，特许我和剧组所有的女孩子打闹和开玩笑，就是要厮鬓斯磨，还说："演不成也没有关系。"

春节前夕在香山空军干休所搭的内景开始拍摄我的戏，就是电视连续剧《红楼梦》中贾宝玉的第一场戏：王熙凤带着宝玉去见秦可卿。

穿上古装行头，我一下就找到了感觉。戏曲底子帮了我很大的忙。穿上这身行头我不会像其他人那样出现手不知道该放在哪里，甚至连走路都不会了的情况。

凤姐带我走进可卿的闺房，我站在一边看着躺着的秦可卿和坐在她榻上的凤姐，双手垂着，微微弯腰，又有微微的不安和羞涩。带着这样的心情表演，却也恰好符合了这场戏里人物的内心世界。

拍完，我就偷偷看坐在监视器后面的王导，看见王导微笑着点头。

我知道自己有戏了。

接着拍我恍惚看着墙上的美人画，听见可卿说她不能病愈的话而痛哭的戏。

对于哭戏，我有自己的招数，整个戏下来很顺。

导演再次微笑、点头，压了两个多月的石头终于落了地。

王导高兴地问旁边的人："这个宝玉怎么样？"

大家都点头默认。

（《作家文摘》2017 年总第 2096 期，摘自《1987，我们的红楼梦》，欧阳奋强著，中国轻工业出版社 2017 年 6 月出版）

图书在版编目 (CIP) 数据

沧桑岁月 /《作家文摘》编 . —北京 : 现代出版社 , 2021.5
(《作家文摘》名家忆文系列)
ISBN 978-7-5143-8444-4

I . ①沧… Ⅱ. ①作… Ⅲ. ①纪实文学 – 作品集 – 中国 – 当代
Ⅳ. ① I25

中国版本图书馆 CIP 数据核字 (2020) 第 269010 号

沧桑岁月 (《作家文摘》名家忆文系列)

编　　者	《作家文摘》
责任编辑	毕椿岚
出版发行	现代出版社
通信地址	北京市安定门外安华里 504 号
邮政编码	100011
电　　话	010-64267325　64245264 (传真)
网　　址	www.1980xd.com
电子邮箱	xiandai@vip.sina.com
印　　刷	三河市宏盛印务有限公司
开　　本	710mm×1000mm　1/16
印　　张	18
字　　数	187 千
版　　次	2021 年 5 月第 1 版　2021 年 5 月第 1 次印刷
书　　号	ISBN 978-7-5143-8444-4
定　　价	48.00 元

版权所有，翻印必究；未经许可，不得转载